folio
junior

Sempé/Goscinny

Les surprises du Petit Nicolas ®

IMAV éditions

Au chocolat et à la fraise

– Maman, je peux inviter mes copains de l'école à venir jouer à la maison, demain après-midi ? j'ai demandé.

– Non, m'a répondu maman. La dernière fois qu'ils sont venus, tes copains, il a fallu remplacer deux carreaux de la fenêtre du salon, et on a dû repeindre ta chambre.

Moi, je n'étais pas content. C'est vrai, quoi, à la fin, on s'amuse drôlement bien avec les copains quand ils viennent jouer à la maison, mais moi je n'ai jamais le droit de les inviter. C'est toujours la même chose, chaque fois que je veux rigoler, on me le défend. Alors j'ai dit :

– Si je peux pas inviter les copains, je retiens ma respiration.

C'est un truc que j'utilise quelquefois quand je veux quelque chose, mais ça marche moins bien maintenant que quand j'étais plus petit. Et puis papa est arrivé et il a dit :

– Nicolas ! Qu'est-ce que c'est que cette comédie ?

Alors je me suis remis à respirer et j'ai dit que si on ne me laissait pas inviter mes copains, je quitterais la maison et on me regretterait bien.

– Parfait, a dit papa. Tu peux inviter tes amis, Nicolas. Mais je te préviens : s'ils cassent la moindre chose dans la maison, tu seras puni. Par contre, si tout se passe bien, je t'emmènerai manger des glaces. D'accord ?

– Au chocolat et à la fraise ? j'ai demandé.

– Oui, m'a répondu papa.

– Alors, d'accord, j'ai crié.

Maman, elle n'était pas trop contente, mais papa lui a dit que j'étais un grand garçon et que je savais prendre mes responsabilités, alors maman a dit que bon, tant pis, qu'elle aurait prévenu papa, et moi j'ai embrassé papa et maman, parce qu'ils sont chouettes. Tous les copains sont venus. Ils acceptent toujours les invitations, sauf quand leurs papas et leurs mamans le leur défendent, mais ça n'arrive pas souvent, parce que les papas et les mamans sont contents quand les copains sont invités ailleurs. Il y avait Alceste, Geoffroy, Rufus, Eudes, Maixent, Clotaire et Joachim, tous des copains de l'école, on allait bien rigoler.

– Nous allons jouer dans le jardin, je leur ai dit. Il faut pas entrer dans la maison, parce que si vous entrez dans la maison vous allez casser des choses, et je leur ai expliqué le coup de la glace au chocolat et à la fraise.

— Bon, a dit Geoffroy, on va jouer à cache-cache, puisqu'il y a un arbre dans ton jardin.

— Non, j'ai dit, l'arbre est sur l'herbe, et papa ne sera pas content si on marche sur son herbe. Il faut jouer dans les allées.

— Mais, a dit Rufus, il n'y en a qu'une d'allée, et puis elle est pas très large, à quoi peut-on jouer dans l'allée ?

— À la balle, en se serrant bien, a dit Maixent.

— Ah ! non, j'ai dit. Je connais le truc ; on joue à la balle, on fait les guignols, et bing ! on casse un carreau, et puis après, moi je suis puni et j'ai pas de glace au chocolat et à la fraise !

On ne savait pas trop quoi faire, tous là, et puis j'ai dit :

– Si on jouait au train ? On se met les uns derrière les autres, le premier fait la locomotive, tuuuut ! et les autres c'est les wagons.

– Et pour tourner comment on va faire ? a demandé Joachim, l'allée n'est pas assez large.

– On ne tournera pas, j'ai dit. Quand on arrive au bout de l'allée, c'est le dernier qui devient la locomotive, et on repart dans l'autre sens.

Les copains, ça n'avait pas l'air de leur plaire tellement, mon jeu, mais après tout, ils sont chez moi, et si ça ne leur plaît pas, ils n'ont qu'à rentrer chez eux, sans blague ! Moi, je me suis mis locomotive du côté de la maison à cause des fleurs qu'il ne faut pas piétiner. On a fait « tch, tch, tch, tch », mais au bout de trois voyages, les copains n'ont plus voulu jouer. Il faut dire que ce n'était pas trop amusant. Encore, quand on est locomotive, ça va, mais quand on est wagon, on s'ennuie un peu.

– Si on jouait aux billes ? a dit Eudes. Avec les billes, on ne peut rien casser.

Ça, c'était vraiment une bonne idée, et on s'est mis à jouer tout de suite, parce que nous avions tous des billes dans nos poches, et celles d'Alceste étaient pleines de beurre, à cause des tartines. Tout se passait très bien, sauf que j'ai failli me battre avec Geoffroy qui s'était assis sur l'herbe, quand les copains ont dit qu'ils voulaient entrer dans la maison.

— Non, j'ai dit. On joue dans le jardin.

— Nous ne voulons plus jouer dans le jardin, a dit Maixent, nous voulons entrer dans ta maison !

— Y a pas de raison, j'ai répondu, on reste ici !

Et puis, maman a ouvert la porte et elle a crié :

— Vous n'êtes pas fous, les enfants, de rester dehors par cette pluie battante ? Entrez ! Vite !

Nous sommes entrés dans la maison, et maman a dit :

— Nicolas, monte avec tes petits amis dans ta chambre, et souviens-toi de ce qu'a dit papa !

Alors, nous sommes montés dans ma chambre.

— Et maintenant, à quoi on joue ? a demandé Clotaire.

— J'ai des livres, on va lire, j'ai répondu.

— T'es pas un peu fou ? a demandé Geoffroy.

— Non, monsieur, j'ai dit, si on joue à autre chose, je n'aurai sûrement pas de glace au chocolat et à la fraise !

— Tu commences à nous embêter avec ta glace au chocolat et à la fraise ! a crié Eudes.

— Minute, a dit Alceste en mordant dans sa tartine, après avoir enlevé la bille qui était collée dessus. Minute ! Avec une glace au chocolat et à la fraise, faut pas rigoler. Nicolas a raison de faire attention.

— Et toi, j'ai crié, tu peux pas faire attention, non ? Tu es en train de faire des miettes sur le tapis ! Maman, elle va pas être contente !

– Ça alors, a crié Alceste, c'est trop fort ! Dès que je finis ma tartine, je te donne une baffe !

– Ouais ! a dit Eudes.

– De quoi tu te mêles ? j'ai demandé à Eudes.

– Ouais ! a dit Geoffroy, et moi j'ai vu tout de suite comment ça allait finir : on allait se donner des claques, la tartine d'Alceste tomberait sur le tapis du côté du beurre, et puis il y en aurait un qui jetterait quelque chose et il casserait un carreau ou il ferait des taches sur le mur, maman viendrait en courant, et moi je n'aurais pas de glace au chocolat et à la fraise.

– Les gars, j'ai dit, soyez chics. Si vous ne faites pas de bêtises, chaque fois que j'aurai des sous et que j'achèterai une tablette de chocolat à la sortie de l'école, je partagerai avec vous tous.

Et comme ce sont tous de chouettes copains, ils ont accepté. On était assis par terre à regarder des images dans les livres, quand Maixent a crié :

– Chic ! il ne pleut plus ! On peut partir !

Alors ils se sont tous levés, ils ont crié : « Salut, Nicolas ! » et moi je les ai accompagnés jusqu'à la porte et j'ai surveillé pour voir s'ils marchaient bien dans l'allée pour sortir. Mais tout s'est très bien passé, les copains n'ont rien piétiné, et j'étais bien content.

J'étais tellement content, que je suis allé en courant à la cuisine pour dire à maman que les copains étaient partis. Mais comme je n'avais pas refermé la porte d'entrée, ça a fait courant d'air avec la fenêtre de la cuisine, qui s'est refermée d'un coup. Bing !

Et le carreau de la fenêtre de la cuisine s'est cassé.

Pamplemousse

Maman a dit à papa :

— Chéri, n'oublie pas que tu m'as promis de repeindre la cuisine aujourd'hui.

— Chic ! j'ai dit. Je vais aider !

Papa, il avait l'air moins content. Il a regardé maman, il m'a regardé et puis il a dit :

— Justement, je pensais emmener Nicolas au cinéma, cet après-midi, il y a un film de cow-boys et quelques dessins animés.

Moi, j'ai dit que j'aimais mieux repeindre la cuisine et maman m'a embrassé et elle a dit que j'étais son petit chou à elle. Papa était drôlement fier de moi. Il m'a dit :

— Bravo ! Je m'en souviendrai, Nicolas.

Papa est allé à la cave chercher la peinture, les pinceaux et le rouleau et il a tout amené à la cuisine, où maman et moi l'attendions.

— J'ai pensé à quelque chose, a dit papa, nous

n'avons pas d'échelle. C'est très ennuyeux. Il faudra que j'en achète une dans le courant de la semaine ; comme ça, dimanche prochain, je pourrai la repeindre, cette fameuse cuisine.

— Mais non, j'ai dit, je vais aller emprunter l'échelle de M. Blédurt.

Maman m'a embrassé de nouveau et papa s'est mis à ouvrir les pots de peinture en disant des tas de choses que je n'ai pas pu comprendre parce que papa les disait à voix très basse. M. Blédurt, c'est notre voisin. Il est très gentil et il aime bien taquiner papa, ils rigolent bien tous les deux ensemble, même s'ils font semblant de se fâcher, comme la fois où ils sont restés tout l'hiver sans se parler. J'ai sonné à la porte de M. Blédurt et il m'a ouvert.

— Mais c'est Nicolas, il a dit, qu'est-ce que tu fais par ici, bonhomme ?

— Je viens emprunter votre échelle pour papa, j'ai répondu.

— Tu diras à ton père, a dit M. Blédurt, que s'il a besoin d'une échelle, il n'a qu'à aller en acheter une.

Moi, je lui ai expliqué que c'était ce que papa voulait faire, mais que maman voulait absolument que notre cuisine soit repeinte aujourd'hui.

M. Blédurt s'est mis à rigoler, et puis il a dit :

— Tu es un bon petit garçon, Nicolas. Va dire à ton papa que je lui apporte l'échelle tout de suite.

Il est chouette, M. Blédurt !

Papa, quand je lui ai dit que M. Blédurt arrivait

avec l'échelle, il m'a regardé avec des drôles d'yeux qui ne bougeaient pas, et puis il s'est mis à mélanger la peinture dans les pots, très vite, même qu'il s'est éclaboussé le pantalon, mais comme c'est le vieux rayé avec les trous, ça ne fait rien.

— Voilà, voilà, a dit M. Blédurt quand il est entré avec son échelle, maintenant, tu pourras faire aujourd'hui le travail que tu aurais sans doute dû remettre à plus tard si je n'avais pas été là !

— Je n'attendais pas autre chose de toi, Blédurt, a dit papa.

J'avais drôlement envie de monter sur l'échelle et j'ai demandé à papa si je pouvais aider, mais papa m'a dit de rester tranquille, qu'on verrait plus tard, et il a commencé à monter sur l'échelle.

Une fois en haut de l'échelle, papa s'est retourné et il a regardé M. Blédurt qui s'était assis sur un tabouret.

— Merci et au revoir, Blédurt, a dit papa.

— Il n'y a pas de quoi et je reste, a dit M. Blédurt.
Je veux admirer mon échelle, qui n'a jamais été aussi
comique qu'aujourd'hui.

Moi, je ne voyais pas pourquoi l'échelle était si
comique que ça. Papa a commencé à donner des
coups de rouleau sur le plafond et à recevoir des
gouttes de peinture sur la figure. M. Blédurt avait
l'air de s'amuser beaucoup et moi, je continuais à
ne pas voir ce que son échelle avait de drôle. Papa

devait être aussi étonné que moi, parce qu'il s'est arrêté de peindre et il a demandé :

— Qu'est-ce que tu as à rire bêtement comme ça, Blédurt ?

— Regarde-toi dans une glace et tu comprendras, a dit M. Blédurt. Tu ressembles à un Peau-Rouge : le grand chef Taureau Minable et sa peinture de guerre !

Et puis M. Blédurt a rigolé, il a fait ho ! ho ! ho ! Il s'est donné des claques sur les cuisses, il est devenu tout rouge, il s'est étranglé et il a toussé. Il est très gai, M. Blédurt.

— Au lieu de braire des âneries, a dit papa, tu ferais mieux de m'aider.

— Pas question, a répondu M. Blédurt, c'est ta cuisine, pas la mienne.

— Alors, puisque c'est notre cuisine, je peux aider ? j'ai demandé.

— Toi, tu en as assez fait comme ça pour aujourd'hui, m'a dit papa.

Je me suis mis à pleurer, j'ai dit que j'avais le droit d'aider, que ce n'était pas juste et que si je n'avais pas été là, personne n'aurait pu la peindre, cette cuisine.

— Tu veux une fessée ? a demandé papa.

— Admirable système d'éducation, a dit M. Blédurt, mais moi, je n'étais pas d'accord et je me suis mis à pleurer plus fort et papa criait qu'il allait donner une fessée à M. Blédurt aussi, et ça, ça m'a fait rigoler.

Maman est entrée en courant dans la cuisine.

– Que se passe-t-il ici ? elle a demandé.

– Papa ne veut pas que je l'aide, j'ai expliqué.

– Votre Léonard de Vinci domestique a ses nerfs, a dit M. Blédurt, les grands artistes, c'est souvent comme ça.

Moi, je ne comprenais rien aux histoires de M. Blédurt et j'ai demandé à maman si je pouvais aider.

Maman a regardé papa et M. Blédurt, et puis elle m'a dit :

— Mais certainement, mon chéri, tu tiendras l'échelle pour que papa ne tombe pas, et aussi, tu m'appelleras si papa et M. Blédurt commencent à s'amuser, pour que je rie avec eux.

J'ai promis de prévenir maman et elle est partie.

Je tenais bien l'échelle, et le plafond avançait vite et il devenait chouette avec la belle couleur jaune que maman avait dit à papa d'acheter.

— Ah ! ça fait du bien de rire comme ça, a dit M. Blédurt, dommage que tu n'aies qu'une seule cuisine à peindre.

— Toi, tu commences à m'énerver, espèce de grotesque, a dit papa. Tu sais depuis le début ce qui t'attend, n'est-ce pas ? Un bon coup de rouleau sur la figure.

— Je voudrais bien voir ça, a dit M. Blédurt.

Moi aussi, je voulais bien voir ça, mais j'avais promis à maman de la prévenir quand papa et M. Blédurt allaient commencer à faire les guignols. Alors, j'ai lâché l'échelle, ce qui n'était pas grave parce qu'il n'y avait plus personne dessus, et je suis sorti de la cuisine en criant :

— Attendez-moi ! Je reviens tout de suite !

J'ai trouvé maman dans l'entrée, avec Mme Blédurt, qui venait d'arriver, et je n'ai rien eu à expliquer parce que, de la cuisine, venait un drôle de bruit. Nous y sommes allés, mais nous sommes

arrivés trop tard, parce que, quand nous avons ouvert la porte, M. Blédurt avait déjà la figure et le devant de la chemise tout jaunes.

Maman, elle n'était pas contente du tout, mais Mme Blédurt a regardé M. Blédurt et elle a demandé à maman :

— Qu'est-ce que c'est comme teinte ?

— Pamplemousse, a répondu maman.

— C'est très frais, très jeune, a dit Mme Blédurt.

— Et ça ne passe pas au soleil, a dit maman.

Et Mme Blédurt a décidé que dimanche prochain, M. Blédurt repeindrait sa cuisine. Papa et moi, nous avons promis de venir l'aider.

On est allé au restaurant

– Je vous emmène dîner au restaurant ! a dit papa en entrant à la maison, retour de son bureau.

Papa était très content, il a embrassé maman et il lui a dit que son patron venait de lui donner une augmentation, et puis, il m'a fait sauter en l'air, dans ses bras, et il m'a donné un gros baiser sur chaque joue, et il m'a dit :

– Cha, ch'est mon grand garçon cha, holalà !

Il était vraiment très content, papa.

Moi aussi, j'étais content, parce que j'aime bien aller au restaurant, et je n'y vais pas très souvent et aussi parce que si le patron de papa lui donne plus d'argent tous les mois, mon papa il m'achètera peut-être l'avion dont j'ai envie.

Maman et moi on a été vite prêts et nous sommes sortis tout de suite. Papa, dans l'auto, il chantait et maman disait qu'elle était fière de lui, pourtant, je dois dire, il ne chante pas très bien, mon papa, mais nous l'aimons beaucoup.

Nous sommes entrés dans un chouette restaurant et un garçon habillé tout en noir nous a conduits jusqu'à une table, et il a apporté trois menus et aussi un coussin pour mettre sur ma chaise. Papa m'a donné un menu et il m'a dit que j'étais un homme et que je n'avais qu'à choisir moi-même, maman elle a dit qu'elle prendrait des choses qu'elle ne prépare pas à la maison et papa a dit qu'il ne fallait pas faire attention à la dépense.

Le garçon est arrivé avec un petit calepin et il nous a demandé ce que nous voulions. Moi, je lui ai dit que je voudrais une glace à la fraise.

— Et pour commencer ? a demandé le garçon.

— Une pêche melba, je lui ai répondu.

Le garçon inscrivait, alors, papa s'est mis à rire et lui a dit que ce n'était pas la peine d'écrire ça, que ça tombait sous le sens que je mangerais autre chose. Le garçon a répondu que ce n'était pas à lui de surveiller la nourriture de ses clients et qu'après tout, ça ne le regardait pas. Moi, j'ai dit à papa que j'étais un homme et qu'il me l'avait dit lui-même et que je voulais une pêche melba ; papa il m'a fait les gros yeux et il m'a dit que je mangerais une côte de porc avec des épinards, et moi j'ai dit que des épinards, je n'en voulais pas et papa m'a dit que je n'étais qu'un gamin et que je mangerais ce qu'il avait envie que je mange, et maman a demandé au garçon ce que

c'était que le gros délice baguettes dorées, et quand elle a su que c'était un bifteck-pommes frites, elle a dit qu'elle prendrait autre chose et le garçon est parti en disant qu'il reviendrait quand nous aurions choisi, qu'il avait autre chose à faire.

Papa a dit à maman qu'il n'était pas très poli, le garçon, mais qu'il fallait se décider. Moi, j'ai dit que je ne voulais pas d'épinards et que je préférais quitter la maison et qu'une fois que je serais parti on me regretterait beaucoup, et je me suis mis à pleurer et maman m'a dit qu'elle me choisirait quelque chose que j'aime bien. Finalement, maman a décidé de prendre des solanées sauce agaçante, et de la gélinotte sur velours : moi, j'ai pris un œuf dur mayonnaise et des saucisses avec des frites et papa a commandé le pâté du chef et du boudin. Papa a appelé le garçon qui a inscrit sur son carnet ce que papa lui disait. Le garçon s'est trompé plusieurs fois et il a dû recommencer des tas de pages de son carnet et quand il a eu tout inscrit, j'ai demandé si je ne pourrais pas avoir de la choucroute à la place des frites, et le garçon n'était pas content du tout.

Pendant que nous attendions qu'on nous serve, je regardais les autres tables et il y avait un gros monsieur qui avait l'air de manger des bonnes choses.

– Qu'est-ce qu'il mange, le monsieur ? j'ai demandé à papa.

Papa m'a dit qu'il ne fallait pas montrer du doigt et il s'est retourné.

– Mais non, a dit maman, pas celui-ci, celui-là ! et elle a montré le monsieur dont je parlais.

Papa l'a regardé et le monsieur a crié :

– Je mange des anchois, et je tiens à les manger tranquille, non, mais qu'est-ce que c'est que ces façons ?

Papa lui a répondu qu'il n'avait pas d'observations à recevoir de lui et qu'il devrait manger du bromure plutôt que des anchois et moi, j'ai demandé si le bromure, c'était bon. Le monsieur m'a regardé, il a haussé les épaules et il s'est remis à ses anchois. Maman nous a dit à papa et à moi de nous tenir tranquilles, et moi j'ai dit que j'aimerais bien avoir des anchois.

Quand le garçon est arrivé avec les hors-d'œuvre,

maman était assez déçue parce que les solanées sauce agaçante, c'était une salade de tomates. Comme je voulais des anchois, papa a demandé au garçon s'il pouvait changer l'œuf mayonnaise en anchois, le garçon a dit que oui ! Moi, j'ai trouvé ça formidable, et je voulais voir comment il allait faire. Malheureusement, il l'a faite à la cuisine, la transformation.

Quand il a apporté les anchois, j'ai demandé au garçon s'il savait aussi faire sortir des petits lapins d'un chapeau. Papa, qui avait l'air de chercher des choses dans le pâté du chef, a levé la tête et il a demandé au garçon s'il avait du lapin. Le garçon, qui semblait étonné par ce qu'on lui disait, a répondu que oui, alors papa a demandé qu'on remplace son boudin par le lapin, et moi j'ai dit au garçon qu'il ne fasse pas comme pour les anchois, qu'il sorte les lapins du chapeau devant nous, pas à la cuisine. Maman m'a dit de ne pas parler la bouche pleine.

Quand le garçon est revenu avec les plats, il avait l'air très nerveux. Maman n'était pas contente et elle lui a dit que sa gélinotte sur velours, ce n'était que du poulet avec de la purée, et puis, papa a dit qu'il n'avait pas commandé une choucroute, mais qu'il avait demandé du lapin à la place de son boudin, que c'était moi qui voulais de la choucroute, mais que lui, papa, m'avait dit que j'aurais des frites, parce qu'il ne fallait pas changer d'avis tout le temps

et quand on n'a pas de mémoire on ne se met pas garçon de restaurant.

— Assez ! a crié le garçon et il a dit à papa qu'il ne savait pas ce qu'il voulait, que maman commandait des plats et elle s'attendait toujours à ce qu'on lui serve autre chose, que j'étais insupportable et que nous cherchions des bagarres avec les clients.

Papa a dit au garçon :

— Nous allons voir ce que nous allons voir, appelez le patron !

Le garçon a dit « bon » et il a appelé : « Papa ! » ce qui a un peu surpris mon papa.

Le patron est venu et il a demandé ce qu'on voulait et papa lui a répondu que c'était pour se plaindre du garçon.

— Mon fils, a dit le patron, qu'est-ce qu'il a, mon fils ?

— Entre autres choses, a dit papa, il n'a pas de mémoire, voilà ce qu'il a, votre fils !

— Et puis, votre gélinotte, c'est du poulet, a dit maman.

— Et puis, j'ai dit, il va dans la cuisine pour changer les œufs en anchois et sortir les lapins du chapeau, il triche !

— Et le pâté du chef, a dit papa, j'aimerais bien savoir quelles saletés il y a dedans !

— C'est facile à savoir, a répondu le patron, le chef, c'est mon frère, il a abandonné la boxe pour faire la cuisine chez moi !

– Puisque vous le prenez sur ce ton, a dit papa, donnez-moi l'addition ! Je ne resterai pas un instant de plus dans cette maison de fous !

Le garçon a apporté l'addition à papa et il lui a dit :

– Avec toutes vos histoires sur ma mémoire, je parie que vous avez oublié votre portefeuille !

Papa, il s'est mis à rigoler et il a sorti son portefeuille de son veston.

Là où il a cessé de rigoler, c'est quand il a ouvert le portefeuille et qu'il s'est aperçu qu'il avait oublié de prendre de l'argent à la maison.

Surprise !

Dimanche, il pleuvait. Nous étions restés à la maison, maman préparait une tarte aux pommes pour le goûter, moi je jouais aux dames avec papa et j'avais gagné trois fois. C'était chouette, chouette, chouette !

Et puis, on a sonné à la porte et papa est allé ouvrir. C'était tante Mathilde, oncle Casimir et mon cousin Éloi.

– Surprise ! a crié tante Mathilde. Nous avons pensé que vous seriez à la maison par ce temps, et que ça serait amusant de venir prendre le thé avec vous. N'est-ce pas, Casimir ?

– Oui, a dit l'oncle Casimir.

Papa, lui, il restait avec la bouche ouverte, alors maman, qui était arrivée en courant de la cuisine, a dit que c'était une très bonne idée et que ça nous faisait bien plaisir de les voir, et qu'il fallait nous

excuser parce que nous n'attendions personne et nous n'étions pas habillés pour recevoir de la visite.

– Mais ce n'est pas une visite, a dit tante Mathilde, c'est une surprise ! Ne vous dérangez surtout pas pour nous. Comme dit toujours Casimir, en famille, il ne faut pas se gêner… Oh, Nicolas ! Comme tu as grandi ! Viens que je t'embrasse !

Alors je suis venu et tante Mathilde m'a embrassé, j'ai embrassé oncle Casimir et j'ai dit « salut » à Éloi qui est un peu plus grand que moi, mais il m'énerve.

– Eh bien, a dit maman, vous allez goûter avec nous.

– À la fortune du pot, a dit tante Mathilde, n'importe quoi fera l'affaire, un bol de chocolat pour le petit, une tasse de café pour Casimir, un petit peu de thé citron pour moi. N'importe quoi. D'ailleurs, je vais avec toi dans la cuisine pendant que les hommes bavardent… Tu sais que tu as très bonne mine ? Ça te va bien de grossir, mais il faut faire attention.

Et tante Mathilde et maman sont parties.

– Asseyez-vous, Casimir, a dit papa.

– Merci, a dit oncle Casimir.

– Ça marche les affaires ? a demandé papa.

– Bof, a répondu oncle Casimir.

Papa a fait un soupir, il a regardé oncle Casimir et il a dit :

– Voilà, voilà.

– Et moi, qu'est-ce que je fais ? a demandé Éloi.

– Eh bien, a répondu papa, tu vas monter avec Nicolas dans sa chambre, et vous vous amuserez avec les jouets.

– Je veux pas monter dans la chambre de Nicolas, a dit Éloi, je veux jouer ici !

– Tu sais jouer aux dames ? j'ai demandé.

– Non, c'est un jeu de filles, m'a répondu Éloi.

– Non monsieur, j'ai dit, c'est un jeu terrible et je parie que je te bats !

– Bah ! Nous à l'école, on a appris à faire des divisions, m'a dit Éloi.

– Tu rigoles, j'ai dit, nous, ça fait longtemps qu'on en fait, des divisions, et avec des virgules, encore.

– Et ça, tu sais le faire ? m'a demandé Éloi, et il a fait une galipette sur le tapis, mais ses pieds ont cogné contre la petite table et le cendrier est tombé sur les pantoufles de papa qui a fait : « Ouille ! »

Tante Mathilde est arrivée en courant.

– C'est toi, Éloi, qui as renversé ce cendrier ?

– Oui, c'est lui, a dit papa.

– Eh bien, fais attention Éloi, a dit tante Mathilde, sinon, ton père va te gronder !

Et puis, maman est arrivée avec le plateau et elle a dit :

– À table, le goûter est servi !

L'ennui, c'est que la tarte, elle était toute petite, et quand papa l'a coupée en six, les parts n'étaient pas terribles.

– Moi, je n'en prends pas, a dit maman.

– Elle a pourtant l'air bonne, a dit tante Mathilde, tu as tort, ce n'est pas ça qui te fera encore grossir.

On a chacun mangé notre part, sauf maman, et il en restait une.

– J'en veux encore, a dit Éloi.

Tante Mathilde lui a dit que ce n'était pas poli d'en redemander, mais que s'il était sage, il pourrait en avoir, de la tarte, et elle a partagé la part qui restait entre Éloi et moi.

Après le goûter, on est tous allés dans le salon et maman m'a dit de monter dans ma chambre avec Éloi.

– J'ai dit que je ne veux pas monter ! a crié Éloi. Je veux rester ici !

– Il a un caractère, a dit tante Mathilde en mettant ses yeux en l'air, comme je dis toujours à Casimir : c'est tout à fait toi, il a de qui tenir !

Et puis tante Mathilde a demandé à papa s'il voulait bien éteindre sa pipe parce que ça la faisait tousser.

– À quoi on joue ? m'a demandé Éloi.

– Je ne sais pas, moi, j'ai dit, on pourrait jouer aux cartes, à la bataille.

– Non, il m'a dit Éloi, j'ai une meilleure idée ! On va jouer à chat perché. C'est toi qui t'y colles !

Et puis Éloi s'est mis à courir et il a sauté sur le canapé.

– Le canapé ! a crié maman.

es enfants, a dit tante Mathilde, insuppor-
s ! Voulez-vous vous tenir tranquilles ?

– Ben quoi, a dit Éloi, on joue. Ben quoi ?

– Enlève au moins tes chaussures avant de monter sur les meubles, mon chéri, a dit tante Mathilde,
et fais attention, tu vas renverser quelque chose !

Et bing ! en faisant le guignol, Éloi a fait tomber
la lampe avec l'abat-jour rouge.

– Là, a dit tante Mathilde, qu'est-ce que je disais ?

Papa a ramassé la lampe qui avait l'abat-jour tout
de travers, et puis il m'a dit d'aller chercher des
livres pour lire avec Éloi. Je suis monté dans ma
chambre, et quand je suis redescendu, j'ai vu que
tante Mathilde racontait à maman des histoires sur
ce qu'il fallait faire quand on commençait à grossir,
papa était assis en face d'oncle Casimir et il disait
« Voilà, voilà », et Éloi marchait sur les mains
en criant : « Regarde maman ! Regarde ! » J'ai montré mes livres à Éloi et il a dit qu'ils ne lui plaisaient
pas, pourtant, il y avait celui avec les Peaux-Rouges
qui est chouette.

– Moi, il m'a dit Éloi, j'aime les livres avec des
avions !

Et puis il a ouvert les bras et il a commencé à
courir dans le salon en faisant « rrroinnn ! ».

– Il est actif, a dit papa.

– Oui, a répondu oncle Casimir.

– Allez quoi ! Joue aussi, t'es l'ennemi ! il m'a dit
Éloi et il a couru vers moi, mais il s'est pris les pieds

dans le tapis, et il est tombé sur le ventre et il s'est mis à pleurer.

– Un avion, ça ne pleure pas, a dit papa.

Tante Mathilde a regardé papa avec des gros yeux, elle a pris Éloi sur ses genoux, elle l'a caressé, elle l'a embrassé et elle a dit qu'il se faisait tard, que demain il y avait école et que tout le monde devait se lever de bonne heure. Tante Mathilde, oncle Casimir et Éloi ont mis leurs manteaux, tante Mathilde a dit que c'était charmant, et que nous aussi, on devrait leur faire une surprise un jour. Et ils sont partis.

Maman a fait un gros soupir et elle a dit qu'elle allait préparer le dîner.

– Pas question ! a dit papa. Va t'habiller et habille Nicolas. Moi, je vais me raser.

– Tu nous emmènes au restaurant ? a demandé maman.

– Surprise ! a dit papa.

Et il nous a emmenés dîner chez tante Mathilde et oncle Casimir.

Le zoo

Cet après-midi, papa nous emmène au zoo, Alceste et moi. Alceste, c'est mon copain, celui qui est très gros et qui mange tout le temps, je crois que je vous ai déjà parlé de lui, une fois. Nous sommes drôlement contents, Alceste et moi. Ça s'est passé comme ça : nous étions en train de jouer dans le jardin quand papa est venu et il nous a dit qu'il voulait bien sacrifier une partie de la journée et nous emmener voir les animaux au zoo. Comme maman était là, papa lui a expliqué que, de temps en temps, il faut savoir se mettre à la portée des enfants et ne pas compter sa peine. Il est chouette, mon papa !

Alceste, lui, il a dit qu'il préférerait passer l'après-midi dans une pâtisserie à manger des gâteaux, mais qu'enfin, le zoo, ce n'était pas mal.

Quand nous sommes arrivés au zoo, tous les trois, nous avons vu qu'il y avait un monde fou. Papa nous a bien recommandé de ne pas nous perdre. Au guichet, il y a eu une petite discussion parce qu'Alceste voulait absolument que papa lui paie place entière, mais papa lui a dit de se taire. Moi, j'ai consolé Alceste en lui faisant remarquer que nous, on payait le même prix que les militaires, on était considérés comme des soldats. Ça a plu à Alceste et il est entré dans le jardin zoologique en criant : « Une, deux ! Gauche, droite ! » et il voulait que papa marque le pas.

On est tout de suite allés chez les singes. Ils sont amusants, les singes, ils font des choses drôles et ils ressemblent à des tas de gens qu'on connaît. Comme il y avait beaucoup de monde, pour voir, papa devait nous prendre dans ses bras et nous tenir en l'air. En réalité, papa n'a pris que moi dans ses bras. Il a essayé avec Alceste mais il n'a pas pu. Nous on voulait voir autre chose, mais papa, ça l'amusait bien, les singes. Alors Alceste a remarqué que les gens leur jetaient des choses à manger et il voulait en faire autant. Papa a acheté des biscuits et il les a donnés à Alceste pour qu'il les offre aux singes. Mais Alceste ne les donnait pas. Comme papa lui demandait pourquoi, Alceste a répondu, que, réflexion faite, il aimait mieux les manger lui-même, les biscuits, plutôt que de les donner à des singes qu'il ne connaissait pas.

Après ça, nous sommes allés voir les lions. Ce n'est pas tellement amusant, parce que ça reste

couché et ça bâille. Je peux très bien faire ça à la maison. Alceste ne les aimait pas, les lions, parce qu'il y avait de la viande dans leur cage et ils ne la mangeaient pas. Alceste disait que c'était du gâchis. Papa voulait nous expliquer des tas de choses sur les lions, mais on l'a tiré par la main, pour aller ailleurs.

Nous avons vu un drôle d'animal, ça s'appelle un lama, nous a expliqué papa, après avoir lu la petite pancarte qui est posée sur la grille. Il nous a dit aussi, c'était écrit, que le lama, quand il est en colère, il crache sur les gens. On s'est mis à faire des grimaces, Alceste et moi, et c'était vrai ! Le lama s'est mis en colère et il a craché sur la cravate de papa. Papa n'était pas content, surtout qu'un gardien est venu et il a grondé papa en lui disant qu'il ne fallait pas taquiner les animaux. Papa lui a répondu que ce n'était pas sa faute si les animaux du zoo étaient mal élevés et que ces sales bêtes crachaient sur les gens qui payaient pour les voir. Le gardien a répondu qu'il comprenait les animaux, qu'il y avait certains visiteurs sur lesquels il aimerait bien cracher, lui aussi. Comme papa et le gardien criaient, il y a des gens qui ont commencé à venir pour écouter ce qui se passait, et puis, le gardien et nous, nous sommes partis chacun de son côté.

On marchait, comme ça, quand papa a vu les éléphants.

– Ça, ça va vous plaire ! il nous a dit et il nous a entraînés vers les éléphants.

Papa a acheté un paquet de biscuits qu'il n'a pas donné à Alceste, parce qu'il voulait les offrir aux éléphants. Là, c'était très intéressant, parce qu'il y avait des ouvriers qui réparaient l'allée devant l'endroit où se trouvent les éléphants. Les ouvriers mélangent du sable, du ciment et de l'eau, ils en font une pâte et ils la mettent sur l'allée. Alceste et moi on regardait et on se disait que, sur la plage, on pourrait faire de drôles de châteaux avec ce ciment-là. Ça doit être très amusant comme travail. Mais on avait envie d'aller ailleurs, alors, on s'est retournés pour voir ce que faisait papa. Il s'amusait beaucoup, il donnait les biscuits aux éléphants qui venaient les prendre avec leur trompe et papa rigolait. Comme il croyait que nous étions à côté de lui, il disait des choses à haute voix.

— T'as vu son grand nez, Nicolas ? On dirait ton oncle Pierre !

Et puis :

— Si tu continues à manger comme tu le fais, Alceste, tu deviendras aussi gros que l'éléphant, là-bas !

Ça nous faisait un peu de peine de déranger papa, mais ce qui nous a décidés, c'était tout le monde qui le regardait comme s'il était un peu fou.

Après, on a vu toutes sortes d'animaux. Il y avait des girafes, c'était bien, parce que c'était tout à côté des balançoires et on s'en est payé une tranche, Alceste et moi. Ensuite, papa nous a emmenés voir

les ours et là, on a vu un petit garçon qui avait une balle, on a joué avec lui et puis on l'a quitté quand il s'est mis à pleurer parce que, d'un shoot, j'avais envoyé, sans le faire exprès, la balle dans la cage des hyènes et moi je ne voulais pas aller la chercher. Après ça, on a récupéré papa et nous sommes allés voir les phoques dans leur bassin. Alceste, qui avait gardé le papier de son paquet de biscuits, pour le lécher, en a fait un petit bateau et nous nous sommes amusés à le faire flotter dans le bassin. C'est dommage qu'il y avait des phoques dans l'eau, ça faisait trop de vagues. Devant les chameaux, Alceste, qui avait des sous, a acheté un ballon rouge. On jouait avec lui quand papa s'est détourné des chameaux et il nous a vus. Il n'était pas content et il s'est mis à crier, en nous demandant si on n'aimait pas les animaux, qu'on n'avait qu'à le dire, que lui il se sacrifiait pour nous et qu'il avait autre chose à faire que d'aller au zoo. Alceste, ça l'a tellement surpris qu'il a lâché le ballon. Alors, il s'est mis à pleurer et quand Alceste pleure, ça fait du bruit. Le chameau s'est mis à crier, lui aussi, et le gardien est venu et il a reconnu papa et il lui a dit que s'il continuait à être cruel avec les animaux il le ferait expulser. Papa lui a répondu qu'il payait ses impôts et le gardien lui a répondu qu'il s'en fichait et qu'il avait bien envie d'enfermer papa dans la cage aux singes, que c'était là sa place. Alors, Alceste a cessé de crier et il a battu des mains et il a dit que c'était une bonne idée qu'avait eue le gardien et que ce serait rigolo si papa était avec les singes et qu'à lui, il lui jetterait des biscuits. Le gardien a haussé les épaules et il est parti. Papa nous a pris par la main et il nous a grondés en nous disant qu'il fallait qu'on se tienne tranquilles et qu'on s'intéresse aux animaux. Nous allions vers la sortie du zoo quand on a vu le petit train plein d'enfants, qui faisaient la promenade dans tout le zoo. Papa nous a demandé si on voulait faire un tour dans le petit train et il a ajouté que pour que nous n'ayons pas peur, il viendrait avec nous. Pour ne pas vexer papa, on a accepté. Le monsieur qui vendait les billets a dit à papa que les grandes personnes, d'habitude, ne montaient pas dans le petit train, mais papa lui a expliqué que c'était pour nous qu'il se sacrifiait, que nous n'aimions pas aller seuls.

Papa s'est installé dans le tout premier wagon, sur le premier banc. Il était drôlement assis, avec les genoux sous le menton, parce qu'il est trop grand. Nous, on s'est mis ensemble, derrière lui. Le petit train allait partir quand Alceste m'a dit :

– Viens voir !

Nous sommes descendus et on a laissé partir le train, avec papa dedans, qui ne s'était pas aperçu qu'on n'était plus derrière lui, mais ce n'était pas grave, parce qu'il s'amusait bien. Il riait et faisait « Tuuuut tuuuut » et les gens le regardaient et riaient aussi.

Ce qu'Alceste voulait me montrer, c'était un

petit chat qui devait appartenir à un des gardiens. Il était gentil, le petit chat, et on jouait bien avec lui quand le train est revenu avec papa dedans, et pas content du tout. Il nous a beaucoup grondés et il a dit qu'on ne vient pas au zoo pour voir des petits chats.

– Ben quoi, c'est un animal, a dit Alceste, mais papa était de très mauvaise humeur et jusqu'au retour à la maison, il a boudé.

Je dois dire que je le comprends. Pour quelqu'un qui n'aime pas spécialement le zoo, comme papa, ça doit être dur de se sacrifier, même pour nous faire plaisir, à Alceste et à moi.

Iso

Aujourd'hui c'est dimanche et nous sommes invités à déjeuner chez M. et Mme Bignot, qui sont des amis de papa, que je ne connais pas, et papa m'a dit que je m'amuserai bien parce qu'ils ont une petite fille, et moi, les petites filles, je ne trouve pas que ce soit tellement rigolo, sauf Marie-Edwige, qui habite à côté de chez nous, et qui est très bien parce qu'elle a des cheveux jaunes, et les cheveux jaunes c'est très chouette, surtout pour les filles.

Maman a mis sa robe grise, moi le costume bleu avec lequel j'ai l'air d'un guignol, et papa a mis le rayé. Quand nous sommes arrivés chez M. et Mme Bignot, tout le monde a poussé des cris comme s'ils étaient étonnés de se voir, et M. et Mme Bignot ont dit que j'étais très grand pour mon âge. Et puis, M. Bignot a fait un grand sourire et il a montré une petite fille qui était cachée derrière Mme Bignot.

– Et ça, a dit M. Bignot, c'est notre Isabelle-Sophie. Dis bonjour, Isabelle-Sophie.

Isabelle-Sophie, qui a des cheveux tout noirs, a serré les lèvres, elle a fait « non » avec la tête, et elle est retournée se cacher derrière Mme Bignot.

– Iso ! a dit M. Bignot, veux-tu dire bonjour ?

Mme Bignot a rigolé, elle s'est retournée, elle a embrassé Isabelle-Sophie qui s'est essuyé la joue, et elle a dit :

– Excusez-la, elle est si timide ! Iso, tu ne veux pas dire bonjour au gentil petit garçon ?

– Non, a dit Isabelle-Sophie, il a l'air bête.

Moi, j'avais envie de lui donner une baffe, à

Isabelle-Sophie, mais tout le monde a rigolé, et maman a même dit qu'elle n'avait jamais vu une petite fille aussi drôle et aussi mignonne. Papa, lui, n'a rien dit.

— Bon, a dit Mme Bignot, nous allons vite prendre l'apéritif, sinon, le gigot va être trop cuit. Qu'est-ce qu'il va prendre, Nicolas ?

— Oh, rien du tout, pensez-vous ! a dit maman.

— Si, si ! a dit M. Bignot. Une petite grenadine, hein ? On va leur donner une petite grenadine, aux enfants, pour qu'ils puissent trinquer avec nous. Ce n'est pas tous les jours fête !

Moi, j'aime bien la grenadine – c'est rouge – mais Isabelle-Sophie a fait « non » avec la tête.

— Je veux pas de grenadine, je veux de l'apéritif, elle a dit.

— Mais mon chéri, a dit Mme Bignot, tu sais que ça te fait du mal. Le docteur a dit qu'il fallait faire très attention avec ton petit ventre.

— Elle est très délicate, a expliqué M. Bignot à papa et à maman, nous devons toujours la surveiller de très près.

— Je veux de l'apéritif ! a crié Isabelle-Sophie.

Mme Bignot a servi des apéritifs, et pour moi et Isabelle-Sophie, elle a apporté de la grenadine, très chouette, comme je l'aime, avec très peu d'eau.

— Je veux pas de grenadine ! Je veux pas de grenadine ! Je veux pas de grenadine ! a crié Isabelle-Sophie.

— Eh bien, n'en bois pas, mon chou, a dit Mme Bignot.

— Oui, il ne faut pas les forcer, a dit M. Bignot.

Et puis, Mme Bignot a demandé si je travaillais bien en classe. Papa a rigolé et il a répondu que ce n'était pas trop mal ce mois-ci (j'ai fait huitième en arithmétique), mais que ça irait encore mieux si j'étais un petit peu moins tête en l'air.

— Ce qu'il y a de terrible, a dit M. Bignot, c'est la façon dont on fait travailler les gosses maintenant.

— Oui, a dit Mme Bignot, Iso a une maîtresse terriblement exigeante et très injuste ; je suis allée la voir, mais c'est comme si vous parliez à un mur. Quelquefois, je me demande si ça ne vaudrait pas mieux de faire étudier la petite à la maison avec un professeur. Et pourtant, elle se débrouille très bien, Iso. Vous allez voir... Iso, récite-nous la jolie fable que tu as apprise.

— Non, a dit Isabelle-Sophie.

— Il ne faut pas les forcer, a dit M. Bignot.

— Si je récite la fable, j'aurai de l'apéritif ? a demandé Isabelle-Sophie.

— Bon, mais un tout petit peu, a dit Mme Bignot.

Alors, Isabelle-Sophie a mis les bras derrière le dos et elle a dit :

— Le Corbeau et le Renard, de Jean de La Fontaine.

Et puis, elle n'a plus rien dit. Alors, Mme Bignot a dit :

— Maître Corbeau, sur un arbre...

– Maître Corbeau sur un arbre, a dit Isabelle-Sophie.

– Perché, a dit Mme Bignot.

– Perché, a dit Isabelle-Sophie.

– Tenait dans son bec un… a dit Mme Bignot.

– Fromage, a dit Isabelle-Sophie.

– Maître Renard, par l'odeur… a dit Mme Bignot.

– Je veux de l'apéritif ! a crié Isabelle-Sophie.

Papa et maman ont applaudi, M. Bignot a embrassé Isabelle-Sophie, et Mme Bignot lui a mis un peu d'apéritif dans un verre. Et en prenant son verre, Isabelle-Sophie a fait tomber sur le tapis celui où il y avait de la grenadine.

– Ce n'est rien, a dit M. Bignot.

– Eh bien, à table ! a dit Mme Bignot.

Elle était très chouette, la table, avec une nappe blanche toute dure, et des tas de verres. Isabelle-Sophie était assise entre M. et Mme Bignot, et moi, entre papa et maman. Mme Bignot a apporté un hors-d'œuvre terrible, avec des tas de charcuterie et de la mayonnaise, comme dans les restaurants.

– Tu sais qui j'ai rencontré dans la rue, la semaine dernière ? a demandé papa à M. Bignot.

– Je veux encore de la mayonnaise ! a crié Isabelle-Sophie.

– Mais mon chou, tu en as eu assez, a dit M. Bignot. Tu en as même eu plus que tout le monde.

Alors, Isabelle-Sophie s'est mise à pleurer, elle a dit que si on ne lui donnait pas encore de la mayonnaise, elle allait être malade devant tout le monde, comme la dernière fois, qu'elle allait mourir, et elle a commencé à sauter sur sa chaise.

– Oh, encore un peu, ça ne peut pas lui faire du mal, a dit Mme Bignot.

– Tu crois ? a demandé M. Bignot, pourtant, le docteur a dit...

– Bah, pour une fois, a dit Mme Bignot. Tiens mon lapin, mais il ne faudra pas le dire au docteur, quand il viendra...

Et Mme Bignot a donné encore de la mayonnaise à Isabelle-Sophie. Après, on a attendu pour le gigot qu'Isabelle-Sophie ait fini son hors-d'œuvre, mais

elle ne mange pas vite, parce qu'elle fait des petits dessins dans son assiette avec la mayonnaise. Et puis, Mme Bignot a essuyé les doigts d'Isabelle-Sophie et elle est partie chercher le gigot.

— Oui, a dit papa, tu sais qui j'ai rencontré, la semaine dernière ? Je marchais tranquillement dans la rue…

— Tu m'emmènes au cinéma ce soir ? a demandé Isabelle-Sophie à M. Bignot.

— Nous verrons, mon chéri, a répondu M. Bignot.

— Mais tu m'as promis, a dit Isabelle-Sophie. Hier, tu m'as promis que nous irions au cinéma.

— Eh bien, si tu n'es pas trop fatiguée, nous irons, a dit M. Bignot.

— Moi, je suis pas fatiguée, a dit Isabelle-Sophie. Oh ! là là ! je suis pas fatiguée du tout ! Tu sais papa, moi je suis pas fatiguée. La semaine dernière, là, oui, j'étais fatiguée, mais aujourd'hui, je suis drôlement pas fatiguée. Ça, je te le promets, je suis pas fatiguée du tout, du tout, du tout.

— Et voilà le gigot ! a dit Mme Bignot.

Elle est entrée dans la salle à manger avec un gros gigot terrible sur un plat, et papa, maman et M. Bignot ont fait : « Ah ! » Et puis, Mme Bignot a mis le gigot devant M. Bignot, qui s'est mis debout pour le découper.

— Et qui aura la souris ? il a demandé en rigolant.

C'est Isabelle-Sophie qui l'a eue.

Maman a dit qu'elle n'avait jamais mangé un aussi bon gigot, et Mme Bignot lui a dit qu'elle avait un très bon boucher.

— Le mien aussi, a dit maman, il faut bien me servir, sinon, je vais ailleurs.

— Ils sont terribles, a dit Mme Bignot.

On a bien mangé du gigot, et puis Mme Bignot est allée chercher le fromage ; personne ne parlait, alors papa a fini son vin, et il a dit à M. Bignot :

— Oui, je marchais tranquillement dans la rue, et qui je vois ? Je te le donne en mille…

Et M. Bignot s'est retourné vers Isabelle-Sophie, et il a crié, tout fâché :

— Iso ! Pas les coudes sur la table !

Et il a dit à papa :

— Je te demande pardon pour cette petite scène, mon vieux, mais tu sais ce que c'est avec les gosses ; si on ne les tient pas, ils deviennent vite pourris.

La bonne blague

À la récré, cet après-midi, Joachim nous a raconté une blague terrible, que lui avait racontée, pendant le déjeuner, son oncle Martial, celui qui travaille à la poste. C'était une histoire très drôle et on a tous bien rigolé, même Clotaire, qui a demandé après qu'on la lui explique. Joachim était très fier. Moi, j'étais drôlement content, parce que j'allais raconter cette blague à la maison, et j'aime bien raconter des blagues à la maison, surtout quand elles sont bonnes ; alors, papa et maman rigolent beaucoup, surtout papa, et ce soir on va bien rigoler.

Ce qui est dommage, c'est que je ne connais pas beaucoup de blagues, et souvent, quand je les raconte, j'oublie comment elles se terminent ; mais là, la blague était tellement bonne que, pour ne pas oublier, je me la suis racontée tout le temps, en

classe, et heureusement que la maîtresse ne m'a pas interrogé, parce que je n'écoutais pas ce qu'elle disait, et la maîtresse n'aime pas quand on ne l'écoute pas.

À la sortie de l'école, au lieu de rester un moment ensemble, comme nous le faisons d'habitude avec les copains, nous sommes tous partis en courant chez nous, parce que je crois que chacun était pressé de raconter la blague à la maison. Moi, je rigolais en courant, parce que ça me faisait rire de penser que papa et maman allaient rigoler. Elle est vraiment bonne, la blague de l'oncle de Joachim !

– Maman ! Maman ! j'ai crié en entrant dans la maison, j'ai une blague ! J'ai une blague !

– Nicolas, m'a dit maman, combien de fois faudra-t-il te répéter de ne pas entrer dans cette maison en courant et en hurlant comme un sauvage ? Maintenant, va te laver les mains, et viens goûter.

– Mais la blague, maman ! j'ai crié.

– Tu me la raconteras dans la cuisine, m'a répondu maman. Allons ! Va te laver les mains !

Alors, je suis allé me laver les mains, sans savon, pour faire plus vite, et je suis revenu en courant dans la cuisine.

– Déjà ? m'a dit maman. Bon, bois ton lait et mange ta tartine.

– Et la blague ? j'ai crié. Tu m'as promis que je pourrai te la raconter pendant le goûter !

Maman m'a regardé, et puis elle a dit que bon, bon, que je la lui raconte, cette fameuse blague, et

que je ne fasse pas de miettes par terre. Alors moi, très vite, et en rigolant, je lui ai raconté la blague, et quand je raconte une blague, je suis pressé d'arriver à la fin pour que les gens rigolent, et là, j'ai dû m'arrêter plusieurs fois pour respirer, et à un moment je me suis trompé, mais j'ai corrigé, et à la fin, maman m'a dit :

— C'est très bien, Nicolas. Maintenant, finis ton goûter, et monte faire tes devoirs.

— Elle t'a pas fait rire, ma blague, j'ai dit.

— Mais si, mais si, m'a répondu maman, elle est très drôle. Dépêche-toi.

— C'est pas vrai, j'ai dit. Elle t'a pas fait rire. Elle est drôlement chouette, pourtant. Si tu veux, je vais te la raconter de nouveau.

— Nicolas, en voilà assez ! Pour la dernière fois, je te dis que cette blague m'a fait rire, a crié maman. Alors, cesse de me casser les oreilles, ou je vais me fâcher !

Alors, là c'était pas juste, et je me suis mis à pleurer, parce que c'est vrai, quoi, à la fin, c'est pas la peine de raconter des histoires drôles si personne ne rigole ! Alors, maman a regardé le plafond en faisant « non » avec la tête, elle a poussé un gros soupir, et puis elle m'a dit :

— Écoute, Nicolas, tu ne vas pas me faire un caprice ? Puisque je te dis que j'ai ri. J'ai beaucoup ri. C'est la meilleure blague que j'aie jamais entendue.

— C'est vrai ? j'ai demandé.

– Bien sûr que c'est vrai, Nicolas, m'a dit maman. C'est une blague vraiment très, très drôle.

– Et je pourrai la raconter à papa, quand il viendra ? j'ai demandé.

– Il faut la lui raconter, m'a dit maman. Il aime bien les histoires drôles, papa, surtout quand elles sont aussi bonnes que celle-là. Alors, maintenant, mon chéri, monte faire tes devoirs, et ayons un peu de paix dans cette maison.

Maman m'a embrassé, et je suis monté faire mes devoirs. Mais j'étais drôlement impatient de raconter ma blague à papa. Alors, quand j'ai entendu la porte d'entrée qui s'ouvrait, je suis descendu en courant, et j'ai sauté dans les bras de papa pour l'embrasser.

– Eh bien, eh bien ! Restons calme, m'a dit papa en rigolant. Je ne reviens pas de la guerre, mais tout simplement d'une mauvaise journée au bureau !

– J'ai une blague à te raconter ! j'ai crié.

– Très bien, m'a dit papa. Tu me raconteras ça plus tard. Moi, je vais lire mon journal dans le salon.

J'ai suivi papa dans le salon, il s'est assis dans son fauteuil, il a ouvert le journal, et moi je lui ai demandé :

– Alors, je peux te la raconter, la blague ?

– Hum ? m'a dit papa, comme il fait quand il n'écoute pas quand je lui parle. C'est ça, mon lapin, c'est ça. Tu me raconteras ça pendant le dîner. On va bien s'amuser.

– Pas pendant le dîner ! Maintenant ! j'ai crié.

– Non mais, Nicolas, ça ne va pas ? m'a demandé papa. Tu vas me faire le plaisir de me laisser un peu tranquille !

Alors, j'ai donné un coup de pied par terre, et je suis monté dans ma chambre en courant. J'ai entendu papa qui disait :

– Mais enfin, qu'est-ce qu'il a ?

J'étais sur mon lit en train de pleurer quand maman est entrée dans ma chambre.

– Nicolas, elle m'a dit.

Moi, je me suis retourné contre le mur. Maman est venue s'asseoir sur mon lit, et elle m'a caressé les cheveux.

– Nicolas, mon chéri, m'a dit maman. Papa n'avait pas bien compris, alors je lui ai expliqué, et maintenant, il est très impatient que tu lui racontes ta blague. Il va bien rire.

– Je ne la lui raconterai pas ! j'ai crié. Je ne la raconterai à personne, plus jamais de ma vie !

– Eh bien, a dit maman, puisque c'est comme ça, c'est moi qui vais la lui raconter, cette bonne blague.

– Ah non ! Ah non ! j'ai crié. C'est moi qui vais la raconter !

Et je suis descendu en courant, pendant que maman allait dans la cuisine en rigolant. Dans le salon, papa, quand il m'a vu, il a mis le journal sur ses genoux, il a fait un gros sourire, et il m'a dit :

– Alors, bonhomme, viens me raconter cette bonne histoire, qu'on rigole un peu !

– Voilà, j'ai dit. C'est un tigre, qui se promène, chez lui, dans la forêt, en Afrique…

– Pas en Afrique, mon lapin, m'a dit papa. Aux Indes. Les tigres, ce n'est pas en Afrique, c'est aux Indes.

Alors, moi, je me suis mis à pleurer, et maman est sortie en courant de la cuisine.

– Qu'est-ce qu'il y a encore ? elle a demandé.

– La blague ! j'ai crié. Papa la connaît déjà !

Et je suis remonté dans ma chambre en pleurant, et papa et maman se sont disputés, et pendant le dîner, personne n'a parlé à personne, parce que tout le monde boudait.

Papa s'empâte drôlement

Quand papa a eu fini sa deuxième assiette de crème, il a mis sa serviette dans le rond et puis il a dit :

— En tout cas, c'est décidé, demain sans faute, je me mets au régime.

Moi, j'ai demandé ce que c'était, un régime, et maman m'a expliqué que c'était quand on mangeait moins pour ne pas être gros.

— Oui, vraiment, je m'empâte, a dit papa.

S'empâter, ça veut dire qu'on est gros, il paraît. Moi, je ne trouve pas que mon papa soit si empâté que ça, sauf là où il met la ceinture, mais comme le dîner était fini, je n'ai pas discuté et je suis allé me coucher.

Le lendemain, c'était dimanche et le dimanche, maman fait un petit déjeuner terrible avec du pain grillé, des brioches, du chocolat et de la confiture d'oranges, celle qui a des petites épluchures dedans, mais qui est très bonne quand même. Papa, pour ne pas s'empâter, il a pris une tasse de café, sans lait et sans sucre et c'est tout. Pendant que je mangeais, papa me regardait, et il a dit à maman :

– Je me demande si le petit ne s'empâte pas, lui aussi.

Maman a répondu que je ne m'empâtais pas, que je grandissais, ce qui n'est pas la même chose. Papa a dit que bien sûr, et que j'étais trop jeune, de toute façon, pour avoir la volonté de suivre un régime.

Après, papa et moi nous sommes allés nous promener ; nous faisons souvent ça, le dimanche, et moi j'aime bien me promener avec mon papa qui me raconte des tas de souvenirs de quand il a gagné la guerre. Il faisait beau et tout le monde avait l'air content. Il y avait plein de gens dans la pâtisserie, qui achetaient des gâteaux, et j'ai voulu m'arrêter pour regarder la vitrine, mais papa m'a tiré par le bras en me disant :

– Ne restons pas là.

Ça sentait bon, pourtant, devant la pâtisserie ! Et puis, nous nous sommes trouvés devant le marché. C'est chouette, le marché, quand j'y vais, avec maman, les marchands, quelquefois, ils me donnent une pomme ou une crevette. Mais papa n'a pas voulu rester.

– Rentrons, il a dit, il se fait tard.

Il avait l'air nerveux, papa.

Pour le déjeuner, maman avait fait un hors-d'œuvre comme dans les restaurants : du jambon enroulé avec de la mayonnaise et des choses dedans, c'est drôlement bon. Et puis, il y avait du poulet avec des pommes de terre et des petits pois, j'en ai repris deux fois ; de la salade, du camembert et du gâteau. Le déjeuner était tellement chouette que quand on a eu fini de manger, je me sentais un peu malade. Ce qui m'a étonné, c'est que papa non plus n'avait pas l'air de se sentir très bien. Pourtant, lui, il n'a eu que des biscottes, des épinards et un peu de blanc de poulet.

Nous sommes sortis dans le jardin, papa et moi. Papa s'est assis dans un fauteuil et moi je me suis couché dans l'herbe. Et puis, Alceste est venu jouer avec moi. Alceste, c'est un copain de l'école qui est drôlement empâté. Il mange tout le temps. Alceste a dit « salut » à papa, il a sorti un gros morceau de gâteau au chocolat de sa poche et il a commencé à mordre dedans. Le gâteau était un peu écrasé, mais il avait l'air bon. Je ne lui en ai pas demandé un bout, à Alceste, parce que ça le vexe quand on veut manger des choses à lui. Papa a regardé Alceste, il s'est passé la langue sur les lèvres et puis il a dit :

— Dis donc, Alceste, on ne te nourrit pas, chez toi ?

— Ben oui, qu'on me nourrit, a répondu Alceste,

même qu'à midi on a eu du bœuf en daube avec de la chouette sauce qu'on frotte avec du pain. Ma maman la fait très bien, cette sauce. Elle fait très bien la choucroute aussi, hier soir, par exemple...

– Bon, bon, ça va ! a crié papa et il s'est mis à lire son journal.

– Qu'est-ce qu'il a, m'a demandé Alceste, il n'aime pas le bœuf en daube ?

Moi, j'ai proposé qu'on joue à la balle.

On était là, en train de jouer, quand on a vu la tête de M. Blédurt, par-dessus la haie du jardin. M. Blédurt, c'est notre voisin, il aime bien taquiner papa et il est très rigolo.

– Alors, les enfants, il a demandé, M. Blédurt, on s'amuse ?

Et puis, il a regardé papa qui lisait toujours son journal.

– Tu devrais jouer avec eux, a dit M. Blédurt, un peu d'exercice te ferait du bien, tu t'empâtes !

– Papa ne s'empâte plus, j'ai dit, il fait des régimes.

M. Blédurt s'est mis à rigoler très fort et ça n'a pas plu à papa.

– Parfaitement, je fais un régime, a crié papa. Parfaitement ! Je fais un régime pour ne pas devenir gros, laid et bête comme toi !

– Je suis gros, moi ? a crié M. Blédurt qui s'est arrêté de rigoler.

– Ben oui, a dit Alceste.

– La vérité sort de la bouche des enfants, a dit

papa, et tu continueras à grossir parce que tu n'auras jamais assez de volonté pour suivre un régime !

– Pas de volonté, moi ? a demandé M. Blédurt.

– Pas plus de volonté qu'une livre de fromage blanc, a répondu papa.

M. Blédurt a sauté par-dessus la haie, il est gros mais il saute bien, et il a commencé à pousser papa et papa le poussait aussi. On les regardait s'amuser quand maman a crié de la maison :

– Venez, les enfants, le goûter est prêt !

Quand on a eu fini le goûter, nous sommes sortis de nouveau dans le jardin. M. Blédurt était parti et papa ramassait les morceaux de son journal.

– Au lieu de faire le guignol, vous auriez mieux fait de venir goûter, a dit Alceste, il y avait du pain d'épices. Il n'y en avait pas beaucoup, mais il était terrible.

Papa a regardé Alceste et il lui a dit que quand il aurait besoin d'un avis sur sa nourriture, il le sonnerait sans faute.

– D'accord, a dit Alceste.

Moi, je crois que c'est une bonne idée, parce que, pour ce qui est de la nourriture, Alceste s'y connaît drôlement.

Comme il a commencé à pleuvoir, maman nous a dit de rentrer dans la maison. On s'est tous mis dans le salon, Alceste et moi on a joué avec les petites autos, maman tricotait et écoutait la radio et papa lisait les morceaux de son journal. La radio, ce n'était pas très drôle, il y avait une dame qui expliquait la façon de faire le civet de lapin. Papa non plus ne trouvait pas que c'était drôle.

– Qu'on éteigne ce poste ! il a crié, et il est monté dans sa chambre.

Alceste n'était pas content.

– C'est mon émission préférée, il a dit.

Alceste est parti parce qu'il était tard et puis aussi parce qu'il n'y avait plus de pain d'épices.

– Le dîner est prêt ! a crié maman.

Moi, je suis allé me laver les mains et quand je suis entré dans la salle à manger, papa était assis à table, il avait l'air tout triste.

Et là, j'ai été drôlement étonné, parce que maman, qui pourtant a bonne mémoire, avait complètement oublié l'empâtement de papa. Elle lui a donné des tas de choses à manger, il y avait même du cassoulet. Papa, lui, il n'avait pas l'air étonné du tout, il faut dire qu'il était très occupé à mâcher.

Et quand papa a eu fini sa deuxième assiette de crème, il a mis sa serviette dans le rond et puis il a dit :

— En tout cas, c'est décidé, demain sans faute je me mets au régime.

Comme un grand

Moi, j'ai une nouvelle petite voisine qui s'appelle Marie-Edwige et qui est très chouette. Aujourd'hui, son papa et sa maman l'ont laissée venir jouer avec moi dans notre jardin.

– À quoi on joue, Marie-Edwige, j'ai demandé, à la balle ? aux billes ? au train électrique ?

– Non, m'a répondu Marie-Edwige, on va jouer au papa et à la maman. Toi tu serais le papa, moi je serais la maman, et ma poupée, ça serait notre petite fille.

J'avais pas tellement envie de jouer avec une poupée, parce que je n'aime pas ça, et puis parce que si les copains me voyaient, ils se moqueraient drôlement de moi. Mais je ne voulais pas que Marie-Edwige se fâche, elle est très chouette, alors j'ai dit que j'étais d'accord.

– Bon, a dit Marie-Edwige, alors ici, ce serait la

salle à manger, là, la table et là-bas le buffet, avec la photo de tonton Léon au-dessus. Alors ce serait le soir, moi je serais habillée avec la robe rouge et les souliers à hauts talons de ma maman, et toi tu reviendrais du travail. Vas-y.

J'ai regardé dans la rue, pour voir s'il n'y avait personne, surtout Alceste, un copain qui habite pas loin, et puis j'ai commencé à jouer.

J'ai fait semblant d'ouvrir une porte et j'ai dit:

– Bonsoir Marie-Edwige.

– Mais non, a dit Marie-Edwige, que tu es bête! Tu dois m'appeler chérie, comme fait papa, et moi je t'appellerai comme maman appelle papa. Recommence.

J'ai recommencé.

– Bonsoir, chérie, j'ai dit.

– Bonsoir Grégoire, m'a dit Marie-Edwige, c'est à cette heure-ci que tu rentres?

– Mais Marie-Edwige… j'ai dit, mais Marie-Edwige ne m'a pas laissé finir.

– Mais non, Nicolas, tu sais pas jouer! C'est vrai ça! Tu dois m'appeler chérie et puis me dire que tu as eu beaucoup de travail et que c'est pour ça que tu reviens tard!

– J'ai eu des tas de travail, j'ai dit, c'est pour ça que je viens tard, chérie.

Alors, Marie-Edwige a levé les bras en l'air et elle a crié:

– Ah! je l'attendais, celle-là! Tous les soirs la

même chose ! Je parie que tu as encore traîné avec tes copains ! Et bien sûr, tu ne t'occupes pas si je m'inquiète, ou si mon repas refroidit, ou si notre petite fille, qui est si jolie, est malade. Tu pourrais au moins me donner un coup de téléphone et penser que tu as une famille et une maison. Mais non, monsieur ça ne l'intéresse pas tout ça, il préfère rester avec ses copains ! Je suis très malheureuse ! Et ne m'appelle pas chérie !

Quand elle a eu fini de parler, Marie-Edwige, elle était toute rouge, et puis, elle m'a dit :

– Ben pourquoi tu restes avec la bouche ouverte, Nicolas ? Joue !

– Dis, Marie-Edwige, j'ai demandé, tu veux pas qu'on joue à la balle ? Je l'enverrai pas fort, tu verras.

– Non, m'a répondu Marie-Edwige. Toi, maintenant, tu pourrais dire que tu travailles beaucoup pour ramener des tas de sous à la maison.

– Je travaille beaucoup, pour ramener des tas de sous à la maison, j'ai dit.

Alors là, Marie-Edwige s'est mise à faire des tas de gestes.

– Celle-là aussi, je l'attendais ! elle a crié. Ils profitent de toi à ton travail. Oh, bien sûr, c'est pas toi qui dois aller acheter les choses à manger et payer la blanchisseuse. Mais moi, je n'y arrive pas avec ce que tu me donnes. La poupée et moi, on n'a plus rien à se mettre. Combien de fois je t'ai dit d'aller

voir ton directeur et de lui demander une augmentation. Mais tu n'oses pas, j'ai bien envie d'y aller à ta place !

— Et moi, qu'est-ce que je dois dire, maintenant ? j'ai demandé.

— Rien, m'a dit Marie-Edwige, tu te mets à table pour le dîner et tu lis ton journal.

Alors, je me suis assis sur l'herbe et j'ai fait comme si je lisais un journal.

— Au lieu de lire ton journal, m'a dit Marie-Edwige, tu pourrais me parler un peu, me raconter ce que tu as fait aujourd'hui. Moi je ne vois personne toute la journée, et dès que tu arrives, tu ouvres le journal et tu ne dis rien.

— Mais, Marie-Edwige, j'ai dit, c'est toi qui m'as dit de lire le journal !

Alors, Marie-Edwige s'est mise à rigoler.

— Mais oui, gros bêta, elle m'a dit, mais c'est pour de rire, c'est pour jouer. Alors toi, tu fais comme si tu fermais le journal et tu dis ah ! là là là là !

Elle est très chouette, Marie-Edwige, quand elle rigole, alors, comme j'aime bien jouer avec elle, j'ai fait comme si je refermais le journal et j'ai dit :

— Ah ! là là là là !

— Ça c'est un comble, a dit Marie-Edwige, en plus, monsieur proteste quand je lui demande simplement de fermer le journal. Et tu n'as même pas embrassé ta fille qui est si jolie et qui a eu une bonne note en récitation !

Et Marie-Edwige a ramassé sa poupée qui était sur l'herbe, et elle a voulu que je la prenne.

– Non, j'ai dit, pas la poupée !

– Et pourquoi pas la poupée ? m'a demandé Marie-Edwige.

– À cause d'Alceste, j'ai répondu, s'il me voyait, j'aurais l'air d'un guignol et il le raconterait à tous les autres, à l'école.

– Et c'est qui, Alceste, je vous prie ? m'a demandé Marie-Edwige.

– Ben, c'est un copain, je lui ai expliqué. Il est gros et il mange tout le temps, à la récré, il fait le gardien de but.

Alors, Marie-Edwige a fait des yeux tout petits.

– Alors tu préfères jouer avec ton copain plutôt qu'avec moi ? elle a dit.

– Mais non, j'ai répondu. Mais maintenant, on pourrait jouer au train électrique, j'ai des tas de

wagons et des barrières qui montent et qui descendent.

— Puisque tu préfères jouer avec ton copain, tu n'as qu'à rester avec lui. Moi, je retourne chez ma maman ! m'a dit Marie-Edwige, et puis elle est partie.

Moi, je suis resté seul dans le jardin, et j'avais un peu envie de pleurer, mais papa est sorti de la maison en rigolant.

— Je vous ai regardés par la fenêtre, tous les deux, il m'a dit papa, et tu as très bien fait ! Tu as été énergique !

Et papa m'a mis la main sur l'épaule et il m'a dit :

— Allez mon vieux, elles sont toutes les mêmes !

Et moi j'ai été très content, parce que papa m'a parlé comme si j'étais un grand. Et puis, pour Marie-Edwige qui est très chouette, eh bien ! demain, j'irai lui demander pardon. Comme un grand.

Ce que nous ferons plus tard

— Un peu de silence ! a crié la maîtresse. Sortez vos cahiers et écrivez… Clotaire, je parle !… Clotaire ! Vous avez entendu ?… Bon… Je vais vous donner le sujet de la rédaction pour demain : « Ce que je ferai plus tard. » C'est-à-dire ce que vous avez l'intention de faire dans l'avenir, ce que vous aimerez être quand vous serez de grandes personnes. Compris ?

Et puis, la cloche de la récré a sonné et nous sommes descendus dans la cour. J'étais bien content, parce que le sujet de la rédaction était facile. Moi, je sais bien ce que je ferai plus tard : je serai aviateur. C'est très chouette, on va vite, vroum, et quand il y a une tempête ou que l'avion brûle, tous les passagers ont peur, sauf vous, bien sûr, et on atterrit sur le ventre.

— Moi, a dit Eudes, je serai pilote d'avion.

— Ah non ! Ah non ! j'ai crié. Tu peux pas. Le pilote, ce sera moi !

— Et qui a décidé ça, je vous prie ? m'a demandé cet imbécile d'Eudes.

— C'est moi qui ai décidé ça, et toi, t'as qu'à faire autre chose, non mais sans blague ! Et puis d'abord, il faut pas être un imbécile pour conduire un avion, je lui ai dit, à cet imbécile d'Eudes.

— Tu veux mon poing sur le nez ? m'a demandé Eudes.

— Premier avertissement, je vous surveille, a dit le Bouillon, qu'on n'avait pas entendu arriver.

Le Bouillon, c'est notre surveillant : il a des chaussures avec des semelles en caoutchouc, et il est tout le temps à nous espionner. Et avec lui, il ne faut pas trop faire le guignol. Il nous a bien regardés, il a remué les sourcils, et il est parti confisquer une balle.

— Bah, a dit Rufus, c'est pas la peine de se battre. Il peut y avoir plusieurs pilotes. Moi aussi, je veux être aviateur. Après tout, on n'a qu'à avoir chacun son avion, et puis voilà.

Avec Eudes, on a trouvé que Rufus avait raison, et que ce serait très chouette, parce qu'avec nos avions, on pourrait faire des courses.

Clotaire nous a dit que lui, il aimerait bien être pompier, à cause du camion rouge et du casque. Ça, ça m'a étonné, parce que je croyais que Clotaire voulait être coureur cycliste ; il a un vélo jaune et il s'entraîne depuis longtemps pour faire le Tour de France.

— Bien sûr, m'a dit Clotaire, mais il n'y a pas tout le temps des courses. Je serai pompier entre les épreuves.

Joachim, lui, il préférait être capitaine d'un bateau de guerre. On fait des chouettes voyages et on a un uniforme avec une casquette et des tas de galons partout.

— Et puis, nous a dit Joachim, chaque fois que je reviendrais à la maison, mes parents seraient drôlement fiers, et ils feraient un banquet en mon honneur.

— Et toi, qu'est-ce que tu feras ? j'ai demandé à Alceste.

— Moi, j'irai au banquet de Joachim, m'a répondu Alceste.

Et il est parti en rigolant avec sa tartine.

Geoffroy nous a dit que lui il travaillerait dans la banque de son père et qu'il gagnerait beaucoup d'argent. Mais Geoffroy, il ne faut pas faire attention, il est très menteur et il dit n'importe quoi. Agnan, ce sale chouchou, nous a bien fait rigoler en nous disant qu'il serait professeur.

— Moi, nous a dit Maixent, je ferai détective, comme dans les films.

Et Maixent nous a expliqué que c'était terrible d'être détective. On a un imperméable, un chapeau et un revolver dans la poche, on conduit des autos, des avions, des hélicoptères, des bateaux, et quand la police n'arrive pas à découvrir les coupables, c'est le détective qui les trouve.

— Ça c'est des blagues, a dit Rufus. Mon père dit que pour de vrai, ce n'est pas comme dans les films ; qu'on n'arrête pas les bandits en faisant les guignols, et que si les détectives essayaient d'arrêter les bandits comme dans les films, il se ferait bandit tout de suite.

— Et qu'est-ce qu'il en sait, ton père ? a demandé Maixent.

— Mon père, il est dans la police, voilà ce qu'il en sait, a répondu Rufus.

(Ça c'est vrai : le père de Rufus est agent de police.)

— Ne me fais pas rigoler, a dit Maixent. Ton père s'occupe de la circulation. Ce n'est pas en mettant des contraventions qu'on attrape des bandits.

— Tu veux attraper une claque sur la figure ? a demandé Rufus, qui n'aime pas qu'on dise du mal de sa famille.

— Deuxième avertissement, a dit le Bouillon. Regardez-moi bien dans les yeux, vous tous. Vous m'avez l'air encore plus excités que d'habitude. Si ça continue, je sévirai.

Le Bouillon est reparti, et Maixent a dit qu'une des choses les plus difficiles et les plus intéressantes que font les détectives, c'est de suivre les bandits sans que les bandits s'en doutent. Alors, il faut faire semblant de lire un journal, ou de rattacher le nœud de ses lacets.

— Bah, si tu sais que c'est un bandit, à quoi bon le suivre ? a demandé Rufus. T'as qu'à l'arrêter.

— Ben, pour qu'il te conduise jusqu'à son repaire, a répondu Maixent. Si tu l'arrêtes, il ne te dira jamais où est son repaire et toute la bande. T'as qu'à demander à ton père : les bandits n'avouent jamais quand la police les interroge. C'est bien connu. Et puis, bien sûr, comme ton père est en uniforme, il ne peut pas suivre les bandits sans qu'ils s'en aperçoivent. Si les bandits voient un agent de police dans la rue en train de faire semblant de lire un journal, crac, ils se méfient. C'est pour ça qu'il faut des détectives.

Et Maixent nous a dit qu'il était très bon pour suivre les gens sans qu'ils s'en aperçoivent, qu'il s'était déjà exercé dans la rue en venant à l'école, que ça marchait très bien, et qu'il allait nous montrer.

— Vous n'avez qu'à aller n'importe où, nous a dit Maixent, et moi je vais vous suivre sans que vous vous en aperceviez.

Alors, on s'est mis à marcher, et Maixent nous suivait d'un peu plus loin, et chaque fois qu'on se retournait pour le regarder, il se baissait pour faire semblant de rattacher ses lacets.

— Et alors ? a dit Rufus, on voit bien que tu nous suis.

— Bien sûr, comme ça c'est facile, a dit Maixent.

Mais ça, c'est parce que vous me connaissez. Un détective, pour qu'on ne le reconnaisse pas, il se déguise, il se met des moustaches ; comme ça on ne le remarque pas.

– Si t'avais des moustaches, dans la récré, on te remarquerait drôlement, a dit Eudes.

On a tous rigolé, et à Maixent ça ne lui a pas plu, il s'est mis à crier qu'on était tous bêtes et jaloux, et puis, comme il a vu que le Bouillon le regardait de loin, il s'est baissé pour faire semblant de rattacher ses lacets.

– Ce qu'il y a, nous a dit Maixent, c'est que je vous ai prévenus que j'allais vous suivre. Un détective ne prévient pas quand il va suivre des bandits. Ce serait pas malin.

– Ben, t'as qu'à suivre quelqu'un sans le prévenir, j'ai dit.

Maixent a trouvé que c'était une drôlement bonne idée, et il est parti suivre un grand qui repassait ses leçons. Nous, nous avons suivi Maixent, qui

faisait de temps en temps semblant de rattacher ses lacets. Et puis, tout d'un coup, le grand s'est retourné, il a pris Maixent par le devant de la chemise, et il a crié :

– T'as pas fini de me suivre, sale morveux ? Tu veux une paire de claques ?

Maixent est devenu tout blanc, et puis le grand a lâché Maixent qui est tombé assis par terre. Maixent s'est relevé et il est revenu vers nous.

– Eh bien, a dit Rufus, je crois que pour la rédaction, tu ferais mieux de te trouver autre chose, parce que comme détective, tu es minable.

– Ouais, si tous les détectives sont comme ça, je me fais bandit tout de suite ! a dit Clotaire.

On a tous rigolé ; alors Maixent s'est drôlement fâché. Il s'est mis à crier que tout ça c'était notre faute, que le grand s'était aperçu qu'il le suivait, parce que nous, nous le suivions, lui, et que même le meilleur détective du monde ne pourrait pas bien faire son travail s'il était suivi par une bande d'imbéciles.

— Qui est une bande d'imbéciles ? a demandé Geoffroy.

— Vous ! a crié Maixent.

— Troisième et dernier avertissement, mauvaise graine ! a crié le Bouillon. Pourquoi vous battez-vous ? Hmm ?

— On se bat pas, m'sieur, a dit Joachim, c'est pour la rédaction.

Le Bouillon a ouvert des grands yeux, et il a fait sourire sa bouche.

— Pour la rédaction ? il a demandé. Voyez-vous ça ! C'est une rédaction sur la boxe, sans doute ?

— Oh non ! m'sieur, c'est une rédaction pour savoir ce qu'on fera plus tard.

— Ce que vous ferez plus tard ? a dit le Bouillon. Mais c'est très facile, ça ! Ne vous mettez pas martel en tête, je vais vous aider. Je vais vous dire, moi, ce que vous ferez plus tard.

Et le Bouillon nous a tous mis en retenue pour après la classe.

Un vrai petit homme

Ce matin, nous nous sommes tous levés de bonne heure, à la maison, parce que papa doit partir en voyage avec M. Moucheboume, qui est son patron.

On était tous très énervés, parce qu'en général on ne se quitte jamais, papa, maman et moi, sauf la fois où je les ai laissés seuls pour aller passer mes vacances dans une colo. Un jour, je vous raconterai ça.

– Sois prudent, chéri, a dit maman, qui avait l'air très embêtée.

– Mais je n'ai pas à être prudent, a répondu papa, puisque nous y allons en train.

– Ce n'est pas une raison pour ne pas être prudent, a dit maman. Et envoie-moi un télégramme dès ton arrivée.

– Mais, chérie, ce n'est pas la peine, voyons, a dit papa. Je serai de retour demain à midi. Tu n'as pas

oublié de mettre mon pyjama ?... Bon, ça va être l'heure ; Nicolas, prends tes affaires, je te déposerai à l'école en allant à la gare.

Et puis papa a embrassé maman, longtemps, longtemps, comme quand c'est l'anniversaire du jour où ils se sont mariés. Dans le taxi, papa m'a dit qu'il me confiait maman, que pendant qu'il n'était pas là, c'était moi l'homme de la maison. Il a rigolé, il m'a embrassé et les copains ont fait une drôle de tête quand ils m'ont vu arriver à l'école en taxi.

À midi, quand je suis revenu à la maison pour le déjeuner, il n'y avait que deux assiettes à table, et ça fait tout vide.

— Commence à manger les sardines, m'a crié maman de la cuisine, j'apporte les escalopes tout de suite !

Alors, moi j'ai commencé à manger en lisant mon album, qui est très chouette, avec des histoires de cow-boys et un homme masqué, qui est le banquier ; je le sais, parce que je l'ai lu plusieurs fois, l'album. Et puis maman est entrée avec les escalopes et elle m'a fait les gros yeux.

— Nicolas, elle m'a dit, combien de fois faudrat-il que je te répète que je n'aime pas que tu lises à table ? Va ranger cet album !

— Mais, papa lit son journal à table, j'ai dit.

— En voilà une raison ! a dit maman.

— Ben oui, quoi, j'ai dit. Papa m'a dit que quand il n'était pas là, c'est moi qui le remplaçais, et que

j'étais l'homme de la maison. Alors, si papa lit, moi
je peux lire aussi !

Maman a eu l'air très étonnée, et puis elle a pris
mon album et elle l'a mis sur le buffet. Alors, moi
j'ai dit que puisque c'était comme ça, je mangerais
pas les escalopes, et maman m'a dit que si je ne
mangeais pas les escalopes, je n'aurais pas de dessert. Alors, j'ai mangé mon escalope, mais c'est pas
juste. Et puis je me suis dépêché pour aller à l'école,
parce que cet après-midi c'est gymnastique, et c'est
très chouette.

En sortant de l'école, Alceste et moi nous avons
accompagné Clotaire chez lui, parce qu'il voulait
nous montrer la nouvelle auto de pompiers que lui
avait donnée sa tante Estelle ; mais nous ne l'avons

pas vue, l'auto, parce que la maman de Clotaire ne nous a pas laissés entrer. Alors, j'ai accompagné Alceste chez lui, et après, Alceste m'a raccompagné jusqu'à la porte de la maison. Quand je suis entré, maman m'attendait dans le salon et elle n'était pas contente du tout.

— C'est à cette heure-ci que tu arrives ? m'a demandé maman. Je t'ai déjà dit de ne pas traîner dans la rue en sortant de l'école. Qu'est-ce que tu dirais si je te punissais ? Hein ?

— Quand papa arrive en retard de son bureau, tu ne le grondes jamais, j'ai dit.

Maman m'a regardé et puis elle a dit :

— Ça, mon garçon, c'est ce que tu crois. En attendant, monte faire tes devoirs, nous allons bientôt dîner.

— Si on allait au restaurant et après au cinéma ? j'ai demandé.

— Est-ce que tu perds la tête, Nicolas ? m'a dit maman.

— Ben quoi, j'ai dit, tu y vas bien, des fois, avec papa !

— Oui, Nicolas, m'a dit maman, mais c'est papa qui paie. Alors, quand tu gagneras beaucoup d'argent, nous en reparlerons.

— J'ai ma tirelire, j'ai dit. J'ai des tas de sous là-dedans.

Maman s'est passé la main sur les yeux et puis elle a dit :

— Écoute, Nicolas ! J'en ai assez de ces manières !
Tu vas m'obéir ou je vais me fâcher.

— Alors, là, c'est drôlement pas juste, j'ai crié.
Papa m'a dit que pendant qu'il était pas là, c'était
moi l'homme de la maison, et puis toi tu ne me
laisses rien faire comme papa !

— Il ne t'a pas dit d'être sage, papa ? m'a demandé
maman.

— Non, j'ai dit. Il m'a dit que je le remplaçais, c'est
tout.

Maman a rigolé et puis elle a dit :

— Bon, eh bien, l'homme pour ce soir, j'ai préparé
un gâteau au chocolat. Je crois que c'est le genre de
gâteau au chocolat qui plaît aux hommes ; alors, au
lieu d'aller au restaurant, où ils n'ont pas d'aussi
bons gâteaux au chocolat, nous resterons à la maison pour le manger, et après, nous jouerons aux
cartes. D'accord ?

Moi j'ai dit que c'était d'accord, parce que c'est
vrai, quand maman fait un gâteau au chocolat, c'est
bête de sortir. Après le dîner, nous avons joué aux
cartes. J'ai gagné deux parties, parce que je suis terrible à la bataille, et puis maman m'a dit qu'il était
l'heure que j'aille faire dodo.

— Encore une partie ! j'ai dit.

— Non, Nicolas, au dodo ! m'a dit maman. Et puis,
tu sais, puisque tu es un homme, tu vas faire comme
papa ; c'est toi qui vas vérifier si la porte de la maison est bien fermée.

Alors, je suis allé vérifier la porte, et j'étais très fier de m'occuper comme ça de maman. Mais j'avais bien envie de faire une autre bataille.

— Papa, il se couche le dernier ! j'ai dit.

— Eh bien, Nicolas, a dit maman, je vais me coucher. Tu seras donc le dernier.

Et maman a éteint la lumière dans le salon et elle est montée dans sa chambre. Alors, comme je n'aime pas rester seul dans le salon, la nuit, je suis monté dans la mienne.

— Tu ne redescendras pas dans le salon quand je dormirai ? j'ai crié à maman.

— Oh ! là là ! a crié maman de sa chambre, qui m'a réveillée comme ça ? Je dormais déjà !

Alors, je me suis endormi aussi, et maman m'a réveillé.

— Allons, mon chéri, m'a dit maman, il faut se lever. C'est l'heure d'aller à l'école. Allons, allons, debout !

Moi, j'ai dit que je n'avais pas envie d'aller à l'école.

— Tous les matins, c'est la même histoire, a dit maman. Allons, lève-toi, pas de comédie ! Je croyais que tu étais un homme ?

— Un homme, ça ne va pas à l'école, j'ai dit.

— Un homme va à son travail, m'a dit maman.

— Moi, je veux bien aller au travail, j'ai répondu. Mais à l'école, je ne veux pas y aller. Et puis papa a dit qu'il fallait que je m'occupe de toi, et si je suis à l'école en train de faire de l'arithmétique, je ne pourrai pas être ici pour m'occuper de toi.

– Papa a de bonnes idées, a dit maman. Il n'empêche que si tu ne te lèves pas, tu auras une fessée. Compris ?

Alors, j'ai pleuré, j'ai dit que j'étais drôlement malade, j'ai toussé des tas de coups, j'ai dit que j'avais mal au ventre, mais maman m'a enlevé les couvertures et j'ai dû aller à l'école. Quand je suis revenu à la maison pour déjeuner, papa était déjà là. J'ai sauté sur lui pour l'embrasser et papa m'a dit qu'il avait beaucoup pensé à moi, et qu'il m'avait apporté un cadeau, et il m'a donné un stylo sur lequel il y avait écrit, tout en or : « Compagnie d'assurances Van de Goetz ». Très chouette. Et puis papa a passé sa main sur mes cheveux, et il a demandé à maman :

– Alors, il s'est bien conduit, Nicolas ?

Maman m'a regardé, elle a rigolé et elle a dit :

– Il s'est conduit comme un petit homme. Un vrai petit homme !…

La dent

Depuis quelques jours, j'avais une dent d'en haut qui bougeait, et je la faisais remuer avec ma langue, et quelquefois ça me faisait un peu mal, mais je continuais à la faire remuer quand même.

Et puis, hier à midi, pendant que maman était allée à la cuisine pour chercher le rôti, j'ai mordu dans un morceau de pain, bing ! ma dent est tombée, j'ai eu drôlement peur et je me suis mis à pleurer.

Papa s'est levé d'un coup, et il est venu près de ma chaise.

– Qu'est-ce qu'il y a, Nicolas ? il m'a demandé. Tu as mal ? Réponds-moi ! Qu'est-ce qu'il y a ?

– C'est ma dent, j'ai pleuré. Elle est tombée !

Alors papa s'est mis à rigoler et maman est arrivée en courant.

— Qu'est-ce qui se passe ? a demandé maman. Je ne peux pas vous laisser seuls deux minutes sans qu'il y ait un drame !

— Mais non, a dit papa, en rigolant. C'est ce gros bêta qui pleure parce qu'il vient de perdre une dent.

— Une dent ? a dit maman. Fais voir…

Maman a regardé dans ma bouche, elle a rigolé, et elle m'a embrassé les cheveux.

— Eh bien, mon chéri, il n'y a pas de quoi pleurer, m'a dit maman.

— Si, il y a ! Si, il y a ! j'ai crié. Ça me fait mal et il y a du sang !

— Écoute, Nicolas, m'a dit papa, il faut que tu apprennes à te conduire comme un homme ; il n'y a que les hommes qui perdent des dents, et ce n'est pas grave du tout. Après, ça repousse comme les cheveux quand tu vas chez le coiffeur. Alors, va te rincer la bouche et reviens manger. Et ne me raconte pas d'histoires ; ça ne te fait pas mal, et puis je t'ai déjà dit que quand tu pleures, tu as l'air d'un clown. Comme ça !

Et papa a fait une grimace, et moi je me suis mis à rigoler. Je suis allé me laver la bouche, j'ai lavé la dent, je l'ai mise dans ma poche, et je suis redescendu manger.

Après, ça a fait quelques histoires quand j'ai dit que je ne voulais pas aller à l'école jusqu'à ce que la dent ait repoussé, mais je n'ai pas pu pleurer, parce que papa m'a fait rigoler avec ses grimaces.

En allant à l'école, j'ai rencontré Alceste – un copain – et je lui ai montré ma dent.

– C'est quoi, ça ? m'a demandé Alceste.

– C'est ma dent, je lui ai expliqué. Elle est tombée, regarde.

J'ai ouvert ma bouche, Alceste a regardé dedans, et il a dit que c'était vrai, qu'il me manquait une dent. Et puis, nous nous sommes mis à courir pour ne pas arriver en retard à l'école.

– Eh, les gars ! a crié Alceste quand nous sommes entrés dans la cour, Nicolas a une dent qui est tombée !

Alors tous les copains sont venus, j'ai ouvert ma bouche, et ils ont tous regardé dedans, et le Bouillon – c'est notre surveillant – s'est approché, il a demandé ce qui se passait, je lui ai expliqué, il a regardé dans ma bouche, il m'a dit : « C'est bien », et il est parti.

– Et la dent, m'a demandé Geoffroy, tu l'as ?

– Ben oui, j'ai répondu.

Et j'ai sorti la dent de ma poche pour la lui montrer.

– Alors, n'oublie pas de la mettre sous ton oreiller pour le coup de la souris, m'a dit Geoffroy.

— C'est quoi, le coup de la souris ? a demandé Maixent.

— Ben, a expliqué Geoffroy, c'est un truc des parents. Quand tu perds une dent, ils te disent de la mettre sous l'oreiller avant de t'endormir, parce qu'une souris va venir la prendre et mettre une pièce de monnaie à la place. La dernière fois que j'ai perdu une dent, j'ai fait le coup, et ça a très bien marché.

— C'est des blagues, a dit Rufus.

— C'est peut-être des blagues, a répondu Geoffroy, mais les vingt centimes, je les ai eus. Alors…

— Moi, mon grand-père, il met ses dents dans un verre d'eau, a dit Clotaire.

— Et tu crois que ça va marcher, pour moi, le coup de la souris ? j'ai demandé à Geoffroy.

— Sûr, m'a répondu Geoffroy, ça ne rate jamais.

— C'est des blagues, a dit Rufus.

— Ah oui ? a demandé Geoffroy.

Et puis, la cloche a sonné, et nous sommes allés nous mettre en rang pour monter en classe.

Moi, j'étais drôlement content avec le truc de Geoffroy, et j'ai sorti la dent de ma poche pour la regarder.

— La perds pas, m'a dit Alceste.

— Nicolas ! a crié la maîtresse, qu'est-ce que vous faites encore ? Apportez-moi ce que vous cachez sous votre pupitre. Allons ! Plus vite que ça ! Inutile de pleurnicher !

Alors, je suis allé jusqu'au bureau de la maîtresse, et je lui ai montré ma dent. La maîtresse a eu l'air très étonnée, et elle m'a demandé :

– Qu'avez-vous là, Nicolas ?

– C'est ma dent, je lui ai expliqué. Je vais la mettre sous mon oreiller, ce soir, pour le coup de la souris.

La maîtresse m'a regardé avec de gros yeux, mais j'ai vu qu'elle se forçait pour ne pas rigoler. Elle est chouette, pour ça, la maîtresse. Souvent, même quand elle nous gronde, on a l'impression qu'elle a drôlement envie de rigoler.

– Bon, Nicolas, elle m'a dit, tu vas reprendre ta dent et essayer de ne plus te dissiper. Parce que le coup de la souris, comme tu dis, ça ne réussit qu'avec les enfants sages. Alors, aujourd'hui, plus que jamais, tu as intérêt à te tenir tranquille. Compris ? Va t'asseoir, maintenant.

Et puis, la maîtresse a appelé Clotaire au tableau, il a eu zéro, mais pour lui ce n'est pas très grave, puisqu'il n'a pas perdu de dent aujourd'hui.

À la sortie de l'école, Alceste m'a accompagné, et il m'a dit :

– T'as vu, c'est pas des blagues, le coup de la souris ; la maîtresse l'a dit. Alors, t'oublieras pas de mettre ta dent sous l'oreiller, hein ? Comme ça, demain, avec les sous, on pourra s'acheter quelque chose de bon pour nous deux.

– Pourquoi pour nous deux ? je lui ai demandé.

C'est ma dent. Si tu veux des sous, t'as qu'à attendre que tes dents tombent, non mais sans blague !

Alceste s'est drôlement fâché, il a dit que je n'étais pas un copain, que quand on est un copain et qu'on perd une dent, on partage avec les copains, qu'il ne me parlerait plus jamais de sa vie, et que quand ses dents tomberaient, il ne me donnerait même pas ça.

Alceste a essayé de faire claquer ses doigts, il n'a pas pu à cause du beurre, et il est parti en courant.

Avant de me coucher, j'ai mis ma dent sous mon oreiller, et je me suis endormi, content comme tout.

Mais ce matin, quand je me suis réveillé, très très tôt, j'ai regardé tout de suite sous mon oreiller, et qu'est-ce que j'ai trouvé ? Ma dent ! Pas de sous, rien que ma dent !

Alors ça, c'était drôlement pas juste, et c'est pas la peine d'avoir des dents qui tombent, si on ne vous donne pas des sous. Je suis allé dans la chambre de papa et maman, qui étaient encore couchés, et je leur ai montré ma dent en pleurant.

— Encore une ? a crié papa. Mais c'est incroyable !

— C'est la dent d'hier, j'ai expliqué, et Geoffroy m'a dit de faire le coup de la souris, et ça n'a pas marché !

— Le coup de la souris ? a dit maman. Qu'est-ce que tu racontes, Nicolas ?

— Le coup de la souris ! a dit papa en se mettant

la main sur la tête. Mais oui !… Bien sûr… Je crois que je sais ce qui s'est passé… Retourne dans ta chambre, Nicolas, j'arrive tout de suite.

Alors, je suis retourné dans ma chambre avec ma dent, j'ai entendu papa et maman qui rigolaient et papa est arrivé dans ma chambre avec un gros sourire sur la figure.

– Crois-tu qu'elle est bête, cette souris, m'a dit papa. Elle s'est trompée d'oreiller ! Regarde ce que j'ai trouvé sous le mien.

Et papa m'a donné une pièce de cinquante centimes !

J'étais drôlement content, et comme Alceste c'est un copain et que je n'aime pas être fâché avec lui, quand je le verrai, je lui donnerai ma dent, pour qu'il la mette ce soir sous son oreiller !

Tout ça, c'est des blagues !

Les copains ils sont tous drôlement bêtes ! Je vous ai dit que nous avions un voisin, mais pas M. Blédurt, à qui papa ne parle plus, mais M. Courteplaque, qui ne parle plus à papa, qui est chef du rayon des chaussures aux magasins du *Petit Épargnant*, troisième étage, qui a une femme, Mme Courteplaque, qui joue du piano, et qui a une petite fille qui s'appelle Marie-Edwige, qui vient jouer dans le jardin quelquefois avec moi.

Hier, par exemple, elle est passée par le trou de la haie qui n'est toujours pas arrangé et M. Courteplaque a envoyé une lettre à papa, pour lui dire que s'il ne faisait pas arranger la haie, il allait se plaindre. Et papa lui a répondu par une autre lettre, je ne sais pas ce qu'il lui a dit, mais c'est rigolo de s'envoyer des lettres quand on habite l'un à côté de l'autre ! Et Marie-Edwige m'a demandé si je voulais qu'on joue ensemble, et moi j'ai dit oui.

Même si c'est une fille, elle est très chouette, Marie-Edwige, qui est toute rose, avec des cheveux jaunes qui brillent, des yeux bleus et un tablier à carreaux bleus qui allait très bien avec ses yeux, pas à cause des carreaux mais à cause du bleu.

— Tu sais, m'a dit Marie-Edwige, que je prends des leçons de danse ? Le professeur a dit à maman que j'avais des dons terribles. Tu veux voir ?

— Oui, j'ai dit.

Alors, Marie-Edwige a commencé à chanter « la la la » et à sauter partout dans le jardin, en s'arrê-tant de temps en temps pour se baisser comme si elle cherchait quelque chose dans l'herbe, et puis après, elle a agité les bras et les mains pour faire comme si c'étaient des ailes, et puis elle s'est mise sur la pointe des pieds pour tourner autour des bégonias de maman, et c'était très chouette. Même à la télé de Clotaire, je n'avais jamais vu quelque chose d'aussi chouette ; sauf peut-être le film de cow-boys de la semaine dernière.

— Plus tard, m'a dit Marie-Edwige, je serai une grande danseuse, j'aurai une robe blanche avec un tutu, tu sais ? et des tas de bijoux dans les cheveux, et je danserai dans des théâtres partout dans le monde, à Paris, en Amérique, à Arcachon, et dans les théâtres, il y aura plein de rois et de présidents, et tout le monde sera avec des uniformes et des costumes noirs, et il y aura des dames avec des robes en satin, tu sais ? Mais moi je serai la plus belle de toutes et tout le monde sera debout en train de faire bravo ; et toi, tu serais mon mari, et tu serais derrière le rideau et tu m'apporterais des fleurs, tu sais ?

– Oui, j'ai dit.

Et puis, Marie-Edwige s'est mise sur la pointe des pieds et elle a recommencé à tourner autour des bégonias, et j'espère que plus tard, quand je serai grand, maman me laissera en arracher pour les porter au théâtre, mais ce n'est pas sûr, parce qu'avec les bégonias de maman, il ne faut pas rigoler... Et puis, les copains sont passés devant la maison.

– Eh, Nicolas ! a crié Eudes. Tu viens au terrain vague ? On va jouer au foot ; les parents d'Alceste lui ont rendu le ballon qu'ils lui avaient confisqué !

D'habitude, le foot, c'est ce que j'aime le plus après maman et papa, mais là, je ne sais pas pourquoi, je n'avais pas tellement envie d'y jouer avec les copains.

– Si tu veux y aller, tu n'as qu'à y aller, m'a dit Marie-Edwige, après tout, que tu y ailles ou que tu n'y ailles pas, moi ça ne me fait rien. Alors, si tu veux y aller, t'as qu'à y aller.

– Alors, a crié Rufus, tu viens ou tu viens pas ? Si on veut jouer, il faut se dépêcher. Il est tard.

– Bien sûr, qu'il vient, a dit Alceste.

Après tout, si j'ai pas envie de jouer au foot, qu'est-ce qu'ils ont à m'embêter, les copains ? Si j'ai

pas envie, j'ai pas envie, voilà tout, c'est vrai, quoi, à la fin, sans blague !

– Qu'est-ce qu'il a à nous regarder comme ça ? a demandé Joachim.

– Bah ! a dit Geoffroy, on se débrouillera très bien sans lui. Allons-y.

Et les copains sont partis, et Marie-Edwige m'a dit qu'elle espérait que ce n'était pas à cause d'elle que je n'étais pas allé jouer au foot avec mes amis, et moi j'ai répondu que bien sûr que non, que je faisais seulement ce que j'avais envie de faire, et j'ai rigolé, et Marie-Edwige m'a demandé si je voulais bien faire des galipettes, parce que s'il y a une chose que Marie-Edwige aime bien, c'est de voir faire des galipettes, et pour les galipettes, je suis terrible. Et puis, Mme Courteplaque a appelé Marie-Edwige, en lui disant qu'il était l'heure de se laver les mains pour aller dîner.

À table, je n'avais pas très faim, et maman m'a passé la main sur le front, en disant qu'elle était inquiète quand au lieu de manger, je me mettais à jouer avec ma purée, et papa a dit que c'était le printemps, et maman et papa se sont mis à rigoler, alors j'ai rigolé aussi, mais je n'ai pas fini ma purée.

Maman m'a dit que j'aille faire dodo, parce que j'avais l'air fatigué et que demain il y avait école, et j'ai fait un chouette dodo ; il y avait Marie-Edwige qui dansait dans un théâtre, avec son tablier bleu, et dans le théâtre il y avait tous les copains habillés en cow-boys qui faisaient bravo, et moi j'apportais un gros bouquet de bégonias à Marie-Edwige.

Ce matin, quand je suis arrivé à l'école, tous les copains étaient déjà là. Et quand ils m'ont vu, il y a Eudes qui a pris Alceste dans ses bras, comme le jeune homme et la jeune fille font dans les films, dans les parties où on s'embête, sauf que la jeune fille ne mange pas une tartine, comme le faisait cet imbécile d'Alceste.

– Je t'aime, disait Eudes. Oh ! là là ! que je suis amoureux !

– Moi aussi je t'aime drôlement, Nicolas, a dit Alceste, en regardant les yeux d'Eudes et en lui envoyant des tas de miettes à la figure.

– Qu'est-ce que vous avez à faire les guignols ? j'ai demandé.

Alors, Geoffroy a commencé à faire des petits sauts en agitant les bras.

– Regardez comme je danse, a crié Geoffroy. C'est pas mieux que faire du foot ça ? Regardez ! Je danse comme la fiancée de Nicolas ! Eh les gars ! Regardez ! Je suis pas chouette ?

Et puis, tous les autres se sont mis à courir autour de moi et à crier : « Nicolas est amoureux ! Nicolas est amoureux ! Nicolas est amoureux ! » Alors moi, je me suis mis drôlement en colère, et j'ai donné une grosse baffe sur la tartine d'Alceste, et on a tous commencé à se battre, et le Bouillon, c'est notre surveillant, est arrivé en courant, il nous a séparés en disant que nous étions des petits sauvages, qu'il commençait à en avoir assez, il nous a donné à tous une retenue, et il est allé sonner la cloche.

Amoureux, moi ! Ils me font bien rigoler ; comme si on pouvait être amoureux d'une fille, même de Marie-Edwige ! Tout ça, c'est des blagues ! Ce qui n'est pas des blagues, c'est qu'ils sont tous drôlement bêtes, les copains !

Et quand je serai grand, je dirai au portier du théâtre de ne pas les laisser entrer ! C'est vrai, quoi, à la fin !

Les beaux-frères

Maixent est arrivé à l'école, aujourd'hui fier comme tout.

— Eh, les gars ! il nous a dit. Je vais être beau-frère !

— Tu rigoles, lui a dit Rufus.

— Non, monsieur, je ne rigole pas du tout, lui a répondu Maixent.

Et Maixent nous a expliqué que sa grande sœur Hermione s'était fiancée, et qu'elle allait se marier et qu'il allait devenir le beau-frère du mari d'Hermione.

— Tu es trop petit pour être beau-frère, lui a dit Eudes. Mon père, lui, il est beau-frère, mais toi, tu es trop petit.

— D'abord, je ne suis pas petit, a crié Maixent, et si tu veux essayer, je te prends à la course, et puis après, ça n'a rien à voir, ma sœur se marie, et moi, bing, je deviens beau-frère.

Et Maixent nous a dit que le fiancé de sa sœur était très chouette, qu'il avait des moustaches, et qu'il lui avait déjà fait des cadeaux ; par exemple, hier soir, quand il était venu voir Hermione, il lui avait donné des sous pour aller s'acheter des bonbons, et qu'il lui avait demandé de l'appeler Jean-Edmond – c'est son nom – parce que entre beaux-frères, on était drôlement copains.

– Et puis, il m'a dit que pour le mariage je serai garçon d'honneur, nous a encore expliqué Maixent, que je boirai du champagne, et que j'aurai une grosse part du gâteau.

– Ah ! dis donc ! a dit Alceste.

– Et puis, il m'a promis aussi, a dit Maixent, qu'il m'emmènerait avec lui dans son auto, il a une auto terrible et que nous irions au zoo, voir les singes.

– Tu commences à nous embêter, toi, le beau-frère, a dit Rufus.

– Ah oui ? a dit Maixent. Tu dis ça parce que tu es jaloux et que tu ne peux pas être beau-frère. Voilà pourquoi tu dis ça !

– Quoi ? a crié Rufus. Moi, je peux être beau-frère quand je veux ! C'est toi qui ne peux pas être beau-frère ! Tu es trop laid ! Tu es un laid-frère !

Ça, ça nous a tous fait rigoler sauf Maixent qui a demandé à Rufus :

– Répète un peu voir ce que tu as dit ?

– Laid-frère ! Laid-frère ! Laid-frère ! a répété Rufus.

Alors Maixent a sauté sur Rufus, ils ont commencé à se battre, et le Bouillon – c'est notre surveillant – est arrivé en courant, et il les a séparés.

– Il a dit que je suis un laid-frère parce qu'il est jaloux ! a crié Maixent. Ils sont tous jaloux !

— Je ne vous ai pas demandé d'explications, lui a répondu le Bouillon. Je refuse d'écouter vos insanités. Tous les deux au piquet. J'en ai autant pour les autres, s'il y a des amateurs. Plus un mot. Silence. Allez.

Et ce soir en rentrant de l'école, je me suis dit que Maixent avait bien de la chance d'être beau-frère d'un grand à moustaches, qui l'emmènerait dans sa chouette auto visiter le zoo pour voir les singes. Et quand je suis entré dans la maison, je suis allé voir maman dans la cuisine, et je lui ai demandé :

— Je ne peux pas être beau-frère, moi ?

Maman m'a regardé, et puis elle m'a dit :

— Nicolas, je suis très occupée, alors ne m'ennuie pas avec tes histoires. Tu demanderas à papa quand il rentrera ; en attendant mange ton goûter et monte faire tes devoirs.

je veux une sœur pour devenir beau-frère!

Et quand j'ai entendu papa rentrer à la maison, je suis descendu en courant, et j'ai crié :

— Dis, papa !

— Une minute, mon lapin, m'a dit papa. Laisse-moi au moins enlever mon pardessus.

Et puis quand papa s'est assis dans le fauteuil du salon, il m'a demandé :

— Eh bien, bonhomme, qu'est-ce que tu veux ?

— Je ne peux pas être beau-frère, moi ? j'ai demandé. Papa a eu l'air étonné, et puis il a rigolé.

— Ma foi non, m'a dit papa, je ne crois pas. Ou, c'est-à-dire oui, plus tard quand tu te marieras, mais à condition que tu n'épouses pas une fille unique.

— Ah non, j'ai dit. Pas plus tard, maintenant. Maixent va devenir beau-frère, et il va aller au zoo en auto, voir les singes.

— Écoute, Nicolas, m'a dit papa. Essaie de comprendre ; je suis fatigué et j'ai envie de lire mon journal tranquillement. Alors, monte jouer, ou va faire tes devoirs, ou n'importe quoi. D'accord ?

— Ah ben ça c'est pas juste ! j'ai crié. Moi, quand je demande quelque chose, on ne veut pas me parler et on m'envoie là-haut ! Et un imbécile comme Maixent, parce que sa sœur se marie il va aller en auto au zoo, voir les singes !

Papa s'est levé du fauteuil, aussi fâché que moi.

— Ce n'est pas bientôt fini, Nicolas ! il a crié. Parce que si tu continues, je te préviens que ça va aller mal !

Je me suis mis à pleurer, et maman est venue dans le salon.

— Qu'est-ce qu'il y a encore ? a demandé maman. Dès que je vous laisse seuls, ce sont des cris et des hurlements !

— Il y a, a dit papa, que ton fils veut une sœur aînée. Tout de suite !

Maman a ouvert des yeux tout ronds, et puis elle a rigolé.

— Qu'est-ce que tu racontes ? elle a demandé.

— Ton fils, a dit papa (ton fils, c'est moi), s'est mis dans la tête de devenir beau-frère, parce qu'un de ces petits dingos qui fréquentent son école va être beau-frère, et il va aller au zoo voir les singes ; enfin c'est ce que j'ai cru comprendre.

Maman a tellement rigolé que papa a fait un sourire, et moi j'ai rigolé aussi, comme chaque fois que maman rigole. Et puis, maman s'est baissée pour mettre sa figure devant la mienne, et elle m'a dit :

— Mais en voilà une idée, mon chéri ! Tu sais, ce n'est pas toujours tellement drôle d'avoir un beau-frère. J'en ai un, moi, après tout ; je sais de quoi je parle.

— Ah ? Et qu'est-ce qu'il t'a fait, ton beau-frère ? a demandé papa.

— Oh ! a répondu maman, tu sais bien qu'Eugène est parfois un peu… un peu rustre, quoi. Souviens-toi de la dernière fois qu'il est venu ici et qu'il n'y avait plus moyen de le faire partir. Et ses calembours ! Non, je t'assure !…

— Parce que je n'ai pas le droit de recevoir mon frère chez moi ? a demandé papa, qui ne souriait plus du tout. Et peut-être que son humour n'est pas assez raffiné pour Madame, mais moi, il me fait bien rigoler !

— Eh bien, tu n'es pas difficile, a dit maman qui s'était relevée, et qui était devenue très rouge.

— En tout cas, a dit papa, un beau-frère, c'est moins encombrant qu'une belle-mère.

— C'est une allusion ? a demandé maman.

— Prends-le comme tu voudras, a répondu papa.

— Moi, je connais quelqu'un qui pourrait très bien retourner chez ta belle-mère, a dit maman.

Alors, papa a levé les bras au plafond, il a commencé à marcher du fauteuil jusqu'à la petite table où il y a la lampe, et de la petite table où il y a la lampe jusqu'au fauteuil, et puis il s'est arrêté devant maman, et il lui a demandé :

– Tu ne trouves pas que nous sommes un tantinet ridicules ?

Maman a rigolé, et elle lui a répondu :

– Franchement, oui !

Alors, tout le monde a rigolé et a embrassé tout le monde, et moi j'étais content comme tout parce que j'aime bien quand papa et maman se réconcilient, et maman après, elle fait toujours quelque chose de chouette à manger pour le dîner.

Et puis, on a sonné à la porte, papa est allé ouvrir, et c'était M. Blédurt, notre voisin.

– Je venais te voir, a dit M. Blédurt à papa, pour te demander si tu voulais venir avec moi, demain matin, dimanche, faire du footing dans le bois.

– Ah ! non, a dit papa, désolé. Demain matin, Nicolas et moi, nous allons en auto voir les singes, comme deux vrais beaux-frères.

Et M. Blédurt est parti en disant qu'on était tous fous dans cette maison.

Le gros mot

Pendant la récré, cet après-midi, Eudes a dit un gros mot. Des gros mots, à l'école, on en dit quelquefois, mais celui-là, on ne le connaissait pas.

— C'est mon frère qui l'a dit ce matin, nous a expliqué Eudes. Celui qui est officier. Il est en permission, à la maison ; il s'est coupé en se rasant et il a dit le gros mot.

— Ton frère n'est pas officier, a dit Geoffroy. Il fait son service militaire et il est soldat ; alors, ne me fais pas rigoler.

— Parfaitement qu'il est officier, a dit Eudes.

— À d'autres, a dit Geoffroy.

Alors, Eudes a dit le gros mot à Geoffroy.

— Répète, a dit Geoffroy.

Eudes a répété le gros mot. Geoffroy a répondu le gros mot à Eudes, ils se sont battus, et puis la cloche a sonné.

— Juste quand on commençait à s'amuser, a dit Rufus.

Et il a dit le gros mot.

Quand je suis revenu à la maison, maman était dans la cuisine. J'y suis entré en courant, et j'ai crié :

— Maman, je suis là !

— Nicolas, m'a dit maman, combien de fois faut-il te demander de ne pas entrer ici comme un sauvage ? Maintenant, mange ton goûter et va faire tes devoirs. J'ai du travail.

Pendant que je prenais mon café et ma tartine, j'ai vu ce que maman préparait… un gigot. Moi j'aime bien le gigot, c'est très chouette, surtout quand il n'y a pas d'invités, parce que alors, je suis sûr d'avoir la moitié de la souris.

— Chic, du gigot ! j'ai dit.

— Oui, a dit maman. C'est ton père qui m'a demandé de lui en faire un pour le dîner, avec beaucoup d'ail. Il va être content.

Papa, il aime le gigot autant que moi, et nous partageons toujours la souris.

— Bon, Nicolas, m'a dit maman. Tu as fini ton goûter, monte vite faire tes devoirs.

— Je peux pas aller jouer dans le salon ? j'ai demandé. Je ferai les devoirs après dîner.

— Nicolas ! a crié maman, tu vas monter faire tes devoirs tout de suite, c'est compris ?

Alors, moi, j'ai dit le gros mot.

Maman a ouvert des yeux grands comme tout, elle m'a regardé, et moi, j'étais bien embêté d'avoir dit le gros mot. Les gros mots qu'on apprend à la récré, il ne faut jamais les répéter à la maison, parce que les gros mots, à la récré, c'est rigolo, mais à la maison, c'est sale et ça fait des tas d'histoires.

– Qu'est-ce que tu as dit ? Répète un peu ? m'a demandé maman.

Alors j'ai répété le gros mot.

– Nicolas ! a crié maman. Où as-tu appris des mots pareils ?

— Ben, j'ai expliqué, c'est à l'école, à la récré. Eudes, il a un frère qui est soldat, et lui, il dit qu'il est officier ; mais c'est des blagues, et Geoffroy le lui a dit, et le frère d'Eudes est en permission, et puis il s'est coupé en se rasant, et il a dit le gros mot, et Eudes nous l'a appris à l'école, à la récré.

— Bravo, a dit maman. Bravo ! Je vois qu'à l'école, on soigne ton éducation et que tu as des camarades très bien élevés. Maintenant, monte faire tes devoirs ; nous verrons ce que papa pense de tout ça.

Moi, je suis monté faire mes devoirs ; ce n'était pas le moment de faire le guignol, et j'étais bien embêté. J'avais même un peu envie de pleurer, à cause de ce sale mot et de cet imbécile d'Eudes qui n'avait qu'à pas nous raconter toutes les bêtises que dit son frère quand il se rase ; c'est vrai, quoi, à la fin.

J'étais en train de faire mes devoirs, quand j'ai entendu papa entrer dans la maison.

— Chérie, je suis là ! a crié papa.

— Nicolas ! a crié maman.

Alors, je suis descendu dans le salon, et j'avais pas tellement envie, et papa, quand il m'a vu, il a rigolé et il a dit :

— Eh bien ! Tu en fais une tête, mon gros ! Encore des ennuis à l'école, je parie !

— C'est pire que des ennuis, a dit maman, qui me regardait avec des yeux fâchés. C'est même très grave. Figure-toi que ton fils apprend des gros mots.

– Des gros mots ? a demandé papa tout étonné. Quels gros mots, Nicolas ?

Alors, moi, j'ai dit le gros mot.

– Comment ? a crié papa. Qu'est-ce que tu as dit ?

– Tu as bien entendu, a dit maman. Tu te rends compte ?

– Magnifique, a dit papa. Et qui t'a appris à dire ça ?

Alors, j'ai expliqué à papa le coup de cet imbécile d'Eudes et du frère de cet imbécile d'Eudes.

Papa s'est donné une claque sur les poches de son veston et il a fait un gros soupir.

– On se saigne aux quatre veines, il a dit à maman, et voilà ce qu'on leur apprend ! Ah, c'est du joli ! Vraiment, c'est du joli ! J'ai bien envie d'écrire une lettre au directeur de son école. C'est vrai, ça ! Ils n'ont qu'à mieux surveiller leurs garnements. Quand j'allais à l'école, moi, celui qui aurait osé dire un mot pareil, hop ! il aurait été immédiatement mis à la porte ! Mais de nos jours, cette bonne vieille discipline, ça n'existe plus ! Oh non ! Maintenant, on a de nouvelles méthodes, on fait de l'éducation moderne. Il ne faut pas leur donner des complexes, aux chers petits ! Et après, s'ils deviennent des blousons noirs, des bandits, qu'ils volent des voitures, très bien, mais c'est très bien, mais c'est parfait ! Une belle génération de voyous, voilà ce qu'on nous prépare !

Moi, là, j'avais drôlement peur. Si papa écrit au directeur, ça va être terrible, parce que dans mon école, c'est comme dans celle de papa quand il était petit. Le directeur n'aime pas les gros mots, et un grand qui avait dit un gros mot en classe à un autre grand a été suspendu.

– Je veux pas que tu écrives au directeur, j'ai pleuré. Si tu écris au directeur, j'irai plus jamais à l'école !

– Pour ce que tu y apprends ! a dit papa.

– Là n'est pas la question, a dit maman. Le principal, c'est que Nicolas comprenne qu'il ne doit pas répéter des mots pareils. Jamais.

— Tu as raison, a dit papa. Viens un peu ici, Nicolas.

Papa s'est assis dans son fauteuil, il m'a pris par les bras, et il m'a mis debout entre ses genoux.

— Tu n'as pas honte, Nicolas ? il m'a demandé.

— Ben oui, j'ai dit.

— Et tu as bien raison d'avoir honte, m'a dit papa. Tu sais, Nicolas, c'est l'éducation que tu reçois maintenant qui va décider de toute ta vie, de tout ton avenir. Si tu travailles mal, si tu dis des gros mots, tu ne seras jamais qu'un raté, qu'une épave que l'on se montrera du doigt. Ces gros mots que tu entends et que tu répètes sans trop savoir ce qu'ils veulent dire, tu as l'impression qu'ils n'ont pas d'importance, que c'est amusant. Et tu as tort. Terriblement tort. La société n'a que faire des mal embouchés. Tu as le choix entre devenir un voyou ou un homme utile à la communauté. Oui, voici ton choix ! Devenir un homme seul ou un homme que l'on a plaisir à recevoir, à inviter, dont on recherche l'amitié. Un homme grossier ne s'élève jamais dans la vie ; on le méprise, on le repousse, on ne veut pas de lui. Voilà comment un simple gros mot peut briser une existence. Tu as compris, Nicolas ?

— Oui papa, j'ai dit.

— Tu crois qu'il a compris ? a demandé maman à papa. J'ai l'impression que...

— Nous allons voir, a dit papa. Qu'est-ce que je t'ai expliqué, Nicolas ?

– Ben, j'ai dit, il ne faut pas dire des gros mots, parce que sinon, on n'est pas invité.

Papa et maman se sont regardés, et puis ils se sont mis à rigoler.

– C'est à peu près ça, bonhomme, a dit papa.

– Je suis fière de mon Nicolas, a dit maman, qui m'a embrassé.

Et puis papa s'est arrêté de rigoler, il s'est mis à sentir, il a regardé vers la cuisine, et il a crié :

– Ça sent le brûlé : ton gigot !

Et maman a dit le gros mot !

Avant Noël, c'est chouette !

D'habitude, papa me dit que le père Noël est très pauvre, et qu'il ne peut pas m'apporter tout le tas de choses terribles que je demande, mais cette année, ça va être drôlement chouette, parce que papa m'a promis que j'aurai tout ce que je voudrai.

Aujourd'hui, c'était le dernier jour de classe avant les vacances, et Geoffroy a un père très riche, qui lui achète toute l'année des choses, et nous on n'est pas jaloux, bien sûr, parce que Geoffroy est un bon copain, mais ce n'est pas juste que cet imbécile ait tout le temps des cadeaux, alors que nous on n'en a que pour nos anniversaires, pour la Noël et quand on fait premier en composition, et ça, ça n'arrive pas souvent, parce que le premier c'est toujours Agnan, qui est le chouchou de la maîtresse.

Geoffroy n'a pas eu le temps de nous parler de ses lunettes d'aviateur, parce que la cloche a sonné, et on a dû se mettre en rang pour monter en classe. Et en classe, la maîtresse s'est fâchée, parce que Geoffroy et Eudes étaient en train de parler.

– Geoffroy ! Eudes ! a crié la maîtresse. Vous voulez passer vos vacances de Noël à l'école, en retenue ?

– Mais je peux pas, moi, mademoiselle, a dit Geoffroy. Je pars demain aux sports d'hiver.

– Ben, si t'es en retenue, a dit Eudes, tu feras comme moi, tu ne partiras pas et voilà tout, non mais sans blague !

– Ah oui ? a dit Geoffroy. Mon père a réservé l'hôtel et les places dans le train, alors !

– Silence ! a crié la maîtresse. Vous êtes insupportables !... Nicolas, ça ne vous dérange pas que je parle en même temps que vous ?... Je ne sais pas ce que vous avez aujourd'hui, mais vous êtes intenables ! Encore un mot et je mets toute la classe en retenue, sports d'hiver ou pas !

– Ah ! a dit Eudes.

Et la maîtresse a mis Eudes et Geoffroy au piquet, un de chaque côté du tableau, parce que les coins du fond de la classe étaient occupés par Clotaire, qui avait été interrogé – il va toujours dans le coin du fond quand il a été interrogé –, et par Rufus qui avait envoyé un petit papier à Maixent, où il avait écrit : « À la récré, faut que je te parle » et la maîtresse avait vu le petit papier, et elle n'aime pas qu'on envoie des petits papiers en classe. Elle dit que si on a quelque chose d'important à se dire, on n'a qu'à attendre la récré. Et puis, la récré a sonné, et la maîtresse a laissé sortir tout le monde, même les punis, elle est très chouette la maîtresse, et puis aussi, je crois que, quelquefois, elle aime bien rester seule en classe.

Dans la cour, Maixent a demandé à Rufus de lui dire ce qu'il avait à lui dire, mais Rufus lui a dit qu'il ne disait rien aux imbéciles qui se laissaient prendre les petits papiers par la maîtresse, que c'était tout ce qu'il avait à lui dire et qu'il ne dirait plus rien.

Pendant que Maixent disait à Rufus de lui dire

quand même ce qu'il avait à lui dire, nous, on s'est mis autour de Geoffroy, qui avait mis ses lunettes d'aviateur sur sa figure, et qui nous expliquait que c'était pour faire du ski.

— Tu sais faire du ski ? je lui ai demandé.

— Pas encore, m'a répondu Geoffroy, mais aux sports d'hiver, je vais prendre des leçons de ski avec un moniteur, et puis après, je vais participer à des championnats, comme les types qu'on voit à la télé, et comme j'irai très vite, j'aurai besoin de lunettes d'aviateur.

— À d'autres, a dit Eudes.

Ça ne lui a pas plu, à Geoffroy.

— Tu dis ça, a crié Geoffroy, parce que t'es jaloux !

— Ne me fais pas rigoler, a dit Eudes. Pour la Noël, si je veux, je demande des lunettes d'aviateur, et j'en ai plein.

— À d'autres ! a crié Geoffroy. Si tu fais pas de ski, t'as pas le droit d'avoir des lunettes d'aviateur !

— Je me gênerais ! a dit Eudes. Et puis tiens, je vais demander des skis, et j'aurai encore plus besoin… de lunettes d'aviateur que toi, puisque j'irai plus vite !

Et ils se sont battus, et le Bouillon est arrivé en courant. Le Bouillon, c'est notre surveillant, et je ne sais pas si je vous ai expliqué qu'on l'appelle comme ça parce qu'il dit souvent : « Regardez-moi bien dans les yeux », et dans le bouillon il y a des yeux. Ce sont les grands qui ont trouvé ça.

– Petits misérables ! a crié le Bouillon. C'est ça, l'esprit de Noël ? Alors, vous vous conduirez comme des sauvages jusqu'au dernier jour de classe ? Et puis d'abord, pourquoi vous battez-vous ? Regardez-moi bien dans les yeux, et répondez-moi !

– Il dit qu'il va aller plus vite que moi, avec ses sales skis ! a crié Geoffroy.

– Ça va, a dit le Bouillon. Plus un mot. Vous me conjuguerez tous les deux le verbe : « Je ne dois pas proférer des absurdités pendant la récréation, ni me conduire comme un vandale, en me battant dans la cour de l'école, sous les prétextes les plus futiles. » À tous les temps, et à tous les modes. Pour après les vacances. Et maintenant, au piquet.

– Mais je pars aux sports d'hiver ! a dit Geoffroy.

– À d'autres, a dit Alceste.

Et le Bouillon l'a envoyé au piquet.

– Moi, a dit Clotaire, je vais écrire au père Noël pour qu'il m'apporte un dérailleur pour mon vélo.

– À qui tu vas écrire ? a demandé Joachim.

– Ben, au père Noël, a répondu Clotaire. À qui veux-tu que j'écrive, pour demander un dérailleur ?

– Ne me fais pas rigoler, a dit Joachim. Moi aussi, j'y croyais quand j'étais petit. Mais maintenant, je sais que le père Noël c'est mon père.

Clotaire a regardé Joachim, et puis il s'est tapé la tête avec le doigt.

– Mais puisque je te dis que je l'ai vu ! a crié Joachim. L'année dernière, je me suis réveillé, la porte

de ma chambre était ouverte, et j'ai vu mon père mettre les cadeaux sous l'arbre. Même que l'arbre a failli lui tomber dessus, et que mon père a dit un gros mot.

— Eh, les gars ! a dit Clotaire. Il raconte que son père, c'est le père Noël ! Ne me fais pas rigoler, tiens ! T'as peut-être vu ton père, mais moi j'ai vu le père Noël dans un magasin, avec sa barbe blanche et son pardessus rouge, même que je me suis assis sur ses genoux et que j'étais drôlement embêté quand il m'a demandé si je travaillais bien à l'école ! Et c'était pas ton père !

— Bien sûr que c'était pas mon père ! a crié Joachim. Mon père, il n'accepterait pas que des minables viennent s'asseoir sur ses genoux !

— Et moi, a dit Clotaire, je ne voudrais pas m'asseoir sur les genoux de ton père, même s'il me payait ! Et puis, s'il entre dans ma maison pour faire le guignol autour de notre arbre, eh bien, mon père va le mettre à la porte, ton père, non mais sans blague ! Il n'a qu'à rester près de son arbre qui ne tient pas debout, ton père !

— Répète un peu ce que tu as dit de notre arbre ? a demandé Joachim.

Et le Bouillon est revenu en courant, parce que Clotaire et Joachim ont commencé à se donner des baffes.

— Si mon père a envie de faire le guignol près de ton arbre, ce n'est pas ton père qui l'en empêchera !

criait Joachim. Et pour t'asseoir sur les genoux de mon père, tu peux toujours courir !

– Il peut les garder, ses genoux, ton père ! criait Clotaire.

Le Bouillon est devenu tout rouge, il a montré le fond de la cour, et il a dit, sans remuer les dents :

– Au piquet. Avec les autres. Même verbe.

Et avant la fin de la récré, le Bouillon a encore dû s'occuper de Rufus, qui était couché par terre, et de Maixent, qui était assis sur Rufus, et qui lui disait : « Alors, tu me dis ce que tu as à me dire, ou tu ne me le dis pas ? » Et Rufus faisait « non » avec la tête, en serrant les lèvres très fort, pour ne pas parler.

Et après la dernière heure de classe, on nous a fait mettre en rang dans la cour, et le directeur est venu nous dire qu'il nous souhaitait à tous un bon et joyeux Noël, et qu'il savait que certains étaient très énervés, mais que, comme c'était le début des vacances, il levait toutes les punitions. Il a raison, le directeur ; moi aussi j'ai remarqué que la maîtresse et le Bouillon sont toujours très énervés avant les vacances, et qu'ils punissent beaucoup.

À la sortie de l'école, comme nous sommes tous un gros chouette tas de copains, nous sommes restés un moment pour nous souhaiter un joyeux Noël. Clotaire s'est réconcilié avec Joachim, et lui a dit que ce qu'il avait dit des genoux du père de Joachim, c'était pour de rire, et Joachim a dit qu'il demanderait à son père d'apporter un dérailleur sous l'arbre de Clotaire. Rufus a dit à Maixent que ce qu'il voulait lui dire, c'est qu'il avait vu dans un magasin de jouets des téléphones qui marchaient comme des vrais ; alors, si Maixent, qui habite à côté de chez Rufus, demandait un téléphone pour Noël, lui, il en demanderait un aussi, et comme ça, ils pourraient se parler tout le temps, et Maixent a dit que c'était une chouette idée, et que même, ils pourraient apporter leurs téléphones en classe pour se dire tout ce qu'ils avaient à se dire, comme ça la maîtresse ne se fâcherait plus avec le coup des petits papiers. Et ils sont partis tous les deux, tout contents, demander des téléphones à leurs pères. Agnan nous a fait rigoler en nous disant que, l'année dernière, il avait eu les trois premiers volumes d'un dictionnaire terrible, et que cette année, il allait demander les trois derniers, de M à Z. Il est fou, Agnan ! Eudes, lui, il va demander des skis.

Et puis, je suis parti avec Alceste, qui est mon meilleur copain, un gros qui mange tout le temps et qui habite près de chez moi.

– Chez nous, pour le réveillon, je lui ai dit, il y aura mémé, ma tante Dorothée, et tonton Eugène.

– Chez nous, m'a dit Alceste, il y aura du boudin blanc, et de la dinde.

Et puis, nous avons regardé les vitrines du quartier, qui sont drôlement bien, parce qu'elles sont décorées pour Noël, avec des guirlandes, des sapins, de la neige, des boules en verre qui brillent, des crèches et des pères Noël.

La vitrine de l'épicerie de M. Compani était chouette, avec un sapin tout en boîtes de sardines, avec du sucre en poudre autour, et nous sommes restés longtemps devant la pâtisserie, à cause des bûches de Noël, et la dame de la pâtisserie est sortie pour dire à Alceste de s'en aller, que ça l'énervait de le voir rester là, sans bouger, avec son nez écrasé contre la vitrine. Même chez le marchand de charbon, où d'habitude il n'y a que des gros sacs sales, il y avait une guirlande avec trois petites lampes. Pour les lampes bien sûr, le plus terrible, c'était le magasin d'électricité, où toutes les lampes de la vitrine – il y en avait des tas et des tas, de toutes les couleurs – s'allumaient et s'éteignaient, tout le temps et très vite ; et la lumière était tellement forte qu'elle illuminait les persiennes de la maison d'en face. Et puis, Alceste est parti en courant, parce qu'il était en retard pour le goûter, et chez lui, on s'inquiète beaucoup quand il est en retard pour manger.

– Tu as encore traîné en sortant de l'école, m'a dit maman, quand je suis arrivé à la maison. J'ai bien envie de ne pas t'emmener avec moi au centre, voir les grands magasins !

– Oh, dis, maman. Oh, dis ! j'ai crié.

Alors maman a rigolé, elle a dit que bon, d'accord, que c'était bien parce que c'était le début des vacances de Noël, que je mange mon goûter, et qu'on sortirait après.

J'ai goûté très vite, j'ai changé de chemise et de pull-over à cause de la tache de café au lait, et nous avons pris l'autobus, qui était plein de dames avec des types de mon âge, et on était très serrés, mais on était tous très contents, surtout les types.

Dans le centre, on était aussi serrés que dans l'autobus, et les magasins avaient des tas et des tas de lumières qui tournaient de tous les côtés et qui brillaient sur les autos arrêtées qui remplissaient la rue, et dans les autos, les gens criaient et klaxonnaient, et c'était joli comme tout. C'était encore plus chouette que le magasin d'électricité du quartier,

143

mais pour approcher des vitrines, c'était plus difficile.

— J'ai eu une fameuse idée de venir ici ! a dit maman.

— Oh, oui, j'ai dit.

— Mais enfin, ne poussez pas, madame, a dit une dame à maman.

— Je ne pousse pas, madame. On me pousse, a répondu maman.

Et nous sommes arrivés devant une vitrine, avec des poupées qui bougeaient, drôles comme tout, et il y avait un gros éléphant dans un wagon, et tout autour, il y avait des trains électriques, avec des tunnels, des passages à niveau, des gares, des petites vaches, des ponts, et maman m'a dit d'avancer, et moi je lui ai dit :

— Non, laisse-moi voir encore un peu, dis !

— Mais avancez donc, madame, a dit la dame. Vous ne voyez pas que vous bloquez le passage ? Vous n'êtes pas seule, tout de même !

— Oh, écoutez, madame, a dit maman, si ça ne vous plaît pas, vous ferez comme les autres !

Les trains étaient très chouettes, surtout ceux qui avaient des très vieilles locomotives, celles qui ont des cheminées, et il y avait de la vraie fumée qui en sortait.

— Allez-vous avancer, oui ou non, madame ? a dit la dame.

— On voit que vous n'avez pas d'enfant, madame, a dit maman. Sinon, vous seriez plus compréhensive.

— Comment, je n'ai pas d'enfant ? a dit la dame. Et puis elle a crié :

— Roger ? Roger ? Roger ? Où es-tu Roger ! Viens ici tout de suite ! Roger ! Roger !

Et puis, on a vu d'autres vitrines, avec des manèges qui tournaient vraiment, avec des vrais chevaux de bois, et il y avait des tas et des tas de soldats de plomb, et des panoplies, et des autos, et des ballons, et j'ai demandé à maman d'entrer dans le magasin pour toucher les jouets.

— Dans cette cohue ? a dit maman. Tu n'y penses

pas, Nicolas ! Il faut être fou pour s'aventurer là-dedans ! Tu reviendras un autre jour avec papa.

Mais on n'a pas pu partir à cause des gens qui nous poussaient, et nous avons dû entrer dans le magasin, et maman a dit que bon, qu'on allait faire un petit tour, mais qu'on allait ressortir tout de suite.

On a pris l'escalier mécanique, j'aime bien l'escalier mécanique, mais chez les jouets, je n'ai pas pu voir grand-chose, à cause des grands qui étaient partout, et pour ça, c'est plus pratique d'aller dans les magasins avec papa, parce que lui il me soulève dans ses bras, et je peux voir. Il est très fort, papa.

Il y avait une file de petits types qui attendaient pour parler au père Noël, et dans la file, il y avait un grand, un monsieur qui avait l'air fâché, et qui tenait par le bras un tout petit type, qui pleurait, et

qui criait qu'il avait peur, et qu'il ne voulait pas être vacciné de nouveau.

– On s'en va, a dit maman.

– Encore un peu, dis ! j'ai demandé.

Mais maman m'a fait les gros yeux, et moi j'ai vu que c'était pas le moment de rigoler, et avant Noël, il vaut mieux ne pas faire d'histoires. À cause du monde, ça a été très difficile de partir du magasin, et quand nous sommes enfin sortis, maman était toute rouge, et elle avait perdu un gant.

Quand nous sommes arrivés à la maison, papa était déjà là.

– Eh bien, a dit papa. En voilà des heures pour rentrer ! C'est que je commençais à être inquiet, moi !

– Ah, non, je t'en prie, a dit maman. Tu me feras des observations une autre fois !

Maman est partie se changer, et papa m'a demandé :

– Mais enfin, d'où venez-vous ?

– Ben, je lui ai expliqué, on était partis voir les magasins, et c'est terrible, on a vu des vitrines avec des bonshommes qui bougent, des trains électriques avec des vieilles locomotives qui fument, et l'auto-bus était plein comme tout, et devant le magasin, il y avait une dame qui se disputait avec maman, et la dame a perdu son fils qui s'appelait Roger, et il y avait des tas de lumières et de la musique, et un père Noël, et un petit type qui avait peur d'aller le voir, et on a dû attendre longtemps l'autobus parce qu'ils étaient tous complets, et qu'est-ce qu'on a pu rigoler !

— Je vois, a dit papa.

On a dîné assez tard, et maman avait l'air très fatiguée.

— Dis papa, qu'est-ce que j'aurai pour Noël ? j'ai demandé, au dessert (de la tarte aux pommes de midi. Bien.). Les copains vont avoir des tas de choses.

— Ça dépend un peu de toi, mon lapin, a dit papa en rigolant. Qu'est-ce que tu vas lui demander, au père Noël ?

— Un train électrique qui fume, j'ai dit, un vélo neuf, un dérailleur pour le vélo neuf, des soldats de plomb, une petite auto bleue avec des lumières qui s'allument, un jeu de construction, et un téléphone qui marche comme un vrai, pour parler en classe avec Alceste.

— C'est tout ? m'a demandé papa, sans rigoler.

— Et un ballon de foot, et un ballon de rugby, j'ai dit.

— Tu sais, Nicolas, m'a dit papa, le père Noël n'est pas très riche, cette année.

— Ben, ça, alors, c'est toujours la même chose ! j'ai dit. C'est pas juste, à la fin, les copains, ils ont tout ce qu'ils demandent, et moi jamais !

— Nicolas ! a crié papa.

— Ah non, a dit maman. Vous n'allez pas recommencer ! Ce serait beaucoup vous demander de faire un peu de silence, et de cesser ces discussions ? J'ai une migraine effroyable.

– Oh, très bien, parfait, parfait, a dit papa. Eh bien, pour éviter toute discussion, tu auras tout ce que tu as demandé, Nicolas. Et en plus, pour faire bonne mesure, je t'offrirai un yacht. D'accord ?

Alors, maman a rigolé, elle s'est levée, elle a embrassé papa, et puis elle a dit :

– Je te demande pardon, chéri. J'ai l'impression que ça va être long, d'ici Noël… Il va falloir de la patience.

– Ah ! là là ! a dit papa.

Moi, c'est ça que j'aime le plus avant Noël : être impatient. Surtout quand je pense à la tête que fera Geoffroy, après Noël, quand il me verra conduire mon yacht, très vite, avec mes lunettes d'aviateur sur la figure.

Table des matières

René Goscinny

René Goscinny est né à Paris en 1926 mais il passe son enfance en Argentine. « J'étais en classe un véritable guignol. Comme j'étais aussi plutôt bon élève, on ne me renvoyait pas. » Après une brillante scolarité au Collège français de Buenos Aires, c'est à New York qu'il débute sa carrière au côté d'Harvey Kurtzman, fondateur de *Mad*. De retour en France dans les années cinquante il collectionne les succès. Avec Sempé, il imagine le *Petit Nicolas*, inventant pour lui un langage et un univers qui feront la notoriété du désormais célèbre écolier. Puis Goscinny crée *Astérix* avec Uderzo. Le triomphe du petit Gaulois sera phénoménal. Auteur prolifique, il est également l'auteur de *Lucky Luke* avec Morris, d'*Iznogoud* avec Tabary, des *Dingodossiers* avec Gotlib... À la tête du légendaire magazine *Pilote*, il révolutionne la bande dessinée. Humoriste de génie, c'est avec le *Petit Nicolas* que Goscinny donne toute la mesure de son talent d'écrivain. C'est peut-être pour cela qu'il dira : « J'ai une tendresse toute particulière pour ce personnage. » René Goscinny est mort le 5 novembre 1977, à cinquante et un ans. Il est aujourd'hui l'un des écrivains les plus lus au monde.

www.goscinny.net

Jean-Jacques Sempé

Jean-Jacques Sempé est né à Bordeaux le 17 août 1932. Élève très indiscipliné, il est renvoyé de son collège et commence à travailler à dix-sept ans. Après avoir été l'assistant malchanceux d'un courtier en vins et s'être engagé dans l'armée, il se lance à dix-neuf ans dans le dessin humoristique. Ses débuts sont difficiles, mais Sempé travaille comme un forcené. Il collabore à de nombreux magazines : *Paris Match, L'Express…*

En 1959, il « met au monde » la série des Petit Nicolas avec son ami René Goscinny. Il a, depuis, publié de nombreux albums. Sempé, dont le fils se prénomme bien sûr Nicolas, vit à Paris (rêvant de campagne) et à la campagne (rêvant de Paris).

Dans la collection Folio Junior, il est l'auteur de *Marcellin Caillou* (1997) et de *Raoul Taburin* (1998) ; il a également illustré *Catherine Certitude* de Patrick Modiano (1998) et *L'Histoire de Monsieur Sommer* de Patrick Süskind (1998).

Retrouvez le héros
de **Sempé** et **Goscinny**

dans la collection

LE PETIT NICOLAS

n° 940

Savez-vous qui est le petit garçon le plus impertinent, le plus malin et le plus tendre aussi ? À l'école ou en famille, il a souvent de bonnes idées et cela ne lui réussit pas toujours. C'est le Petit Nicolas évidemment ! La maîtresse est inquiète, le Bouillon devient tout rouge, les mamans ont mauvaise mine, l'inspecteur est reparti aussi vite qu'il était venu. Pourtant, Geoffroy, Agnan, Eudes, Rufus, Clotaire, Maixent, Alceste, Joachim… et le Petit Nicolas sont – presque – toujours sages…

LE PETIT NICOLAS ET LES COPAINS

n° 475

Comme tous les petits garçons, Nicolas a un papa, une maman, des voisins mais il ne serait pas grand-chose sans les copains : Clotaire le rêveur, Agnan le chouchou surdoué, Maixent le magicien, Rufus et Joachim. Sans oublier Marie-Edwige. C'est la fille des voisins et elle est très mignonne.

LES RÉCRÉS DU PETIT NICOLAS

n° 468

L'école, c'est pour les copains. Pour cette raison évidente, Nicolas aime beaucoup l'école, surtout pendant les récrés. Il y a Clotaire qui pleure, Alceste qui mange ses tartines de confiture et Agnan qui révise ses leçons, Geoffroy, Maixent, sans oublier le Bouillon. Le Bouillon, c'est le surveillant.

LES VACANCES DU PETIT NICOLAS

n° 457

La plage, c'est chouette ! En famille ou en colonie de vacances, on y trouve une multitude de copains. Le soir ou les jours de pluie, on écrit des lettres à nos papas, à nos mamans, à Marie-Edwige. Et c'est terrible, quand on a peur, pendant les jeux de nuit…

LE PETIT NICOLAS A DES ENNUIS

n° 444

Tout le monde peut avoir des ennuis. Et lorsqu'il s'agit du Petit Nicolas et de ses copains, les ennuis peuvent devenir terribles ! Surtout quand papa, mémé, le directeur de l'école ou le Bouillon s'en mêlent ! Mais avec le Petit Nicolas, les choses finissent toujours par s'arranger...

LES BÊTISES DU PETIT NICOLAS

n° 1468

Ensemble, le Petit Nicolas et ses copains s'amusent beaucoup. Il faut dire que, à la maison, au cirque, à la fête foraine ou en retenue, ils ont toujours des idées chouettes comme tout, même si le surveillant, le directeur, la maîtresse, les parents, les voisins et le patron de papa n'ont pas l'air d'être de cet avis... Pourtant, Nicolas et ses amis ne font jamais de bêtises, c'est vrai quoi à la fin !

LE PETIT NICOLAS VOYAGE

n° 1469

Ce qui est bien à la maison, c'est qu'on peut s'amuser avec maman, faire des mots croisés très difficiles avec papa ou téléphoner à Alceste. Mais, en train ou en avion, en Bretagne ou en Espagne, quand on part en vacances, on est drôlement content parce que c'est toujours une aventure terrible ! Après, on a des tas de souvenirs à raconter aux copains quand on rentre à l'école…

LA RENTRÉE DU PETIT NICOLAS

n° 1474

En classe, la maîtresse est vraiment chouette. Même quand elle punit Clotaire, qui est le dernier. Et pendant la récré, avec les copains, si on évite le Bouillon (c'est le surveillant), on peut se battre et jouer à des jeux incroyables. C'est pourquoi Nicolas, Alceste, Geoffroy, Eudes, Clotaire, Maixent, Rufus, Joachim et Agnan, le chouchou, ont toujours hâte de retourner à l'école.

LE PETIT NICOLAS ET SES VOISINS

n° 1475

D'après le papa de Nicolas, entre voisins, il faut s'entraider. C'est sans doute pour ça qu'il aime tant taquiner M. Blédurt, qui habite la maison d'à côté. Et ce n'est pas M. Courteplaque, le nouveau voisin, qui dira le contraire, surtout depuis que le papa de Nicolas l'a apprivoisé. M. Courteplaque, c'est le papa de Marie-Edwige, qui est une fille et qui est très chouette, comme voisine.

Découvrez également

Histoires inédites du Petit Nicolas

Volume 1 et Volume 2

IMAV éditions

Mise en pages : Maryline Gatepaille

Loi n° 49-956 du 16 juillet 1949
sur les publications destinées à la jeunesse
ISBN : 978-2-07-061989-4
Numéro d'édition : 176244
Premier dépôt légal : novembre 2008
Dépôt légal : mars 2010
Imprimé en France sur les presses de l'imprimerie Pollina s.a., 85400 Luçon - n°L53595D